以你为名的世界

The world
in your name

张芮涵 / 著

上

台海出版社

图书在版编目（CIP）数据

以你为名的世界 ：全 2 册 / 张芮涵著 . -- 北京 ：
台海出版社，2021.1

ISBN 978-7-5168-2725-3

Ⅰ . ①以⋯ Ⅱ . ①张⋯ Ⅲ . ①长篇小说－中国－当代
Ⅳ . ① I247.5

中国版本图书馆 CIP 数据核字（2020）第 171127 号

以你为名的世界 ：全 2 册

著　　者：张芮涵

出 版 人：蔡　旭　　　　　　　　　责任编辑：俞滟荣

出版发行：台海出版社
地　　址：北京市东城区景山东街 20 号　　邮政编码：100009
电　　话：010-64041652（发行，邮购）
传　　真：010-84045799（总编室）
网　　址：www.taimeng.org.cn/thcbs/default.htm
E －m a i l：thcbs@126.com

经　　销：全国各地新华书店
印　　刷：大厂回族自治县德诚印务有限公司
本书如有破损、缺页、装订错误，请与本社联系调换

开　　本：710 毫米×1000 毫米　　1/16
字　　数：370 千字　　　　　　　　印　　张：27.5
版　　次：2021 年 1 月第 1 版　　　　印　　次：2021 年 1 月第 1 次印刷
书　　号：ISBN 978-7-5168-2725-3

定　　价：78. 00 元（全 2 册）

目录

CONTENTS

上册

目录

CONTENTS

下册

第一章
人生为何如此艰难

Part 1 ......

冷风过境海滨之城H市，西伯利亚赶来的寒流侵袭着大街小巷，马路上的人都裹紧了大衣。

凛冬将至。

白玺童是最不喜欢冬天的。

她躲在邻居家搭建在院子里的小棚子中。因年久失修，手无缚鸡之力的她都能把门一脚踹开。她瑟缩在虚掩着的门后，门缝外是她喊作"爸爸"的男人，她屏住呼吸蹲下来，既害怕被发现，可又想能监视到他的一举一动。

门被北风吹得嗡嗡作响，刺骨的寒冷渗入她的筋骨。

她看着白勇气急败坏地喊着她的名字，楼上楼下折返了好几趟，手里拿着那根木棍如催命鼓点一样敲打着走廊扶手和墙壁。他的眼睛瞪得如铜铃，青筋暴起的太阳穴像是鬼画符。

如果被他找到，又逃不掉一顿毒打。

但当白勇四处搜寻白玺童无果的时候，彻夜未归的姐姐白乐萍撞到了他面前。他扬起手在她那疲惫不堪的脸上狠狠扇了好几巴掌，然后一边揪着她的头发往停在一旁的大货车里拖，一边骂道："别以为你长大了老子就不敢打你，想找男人是吗？我叫你谈恋爱！叫你谈恋爱！"

白玺童吓得脸色苍白，禁不住浑身发抖，她欠了欠身，好想冲出去救回姐姐，但起身时的头晕目眩让她瘫倒在地。门缝外，白乐萍已经被那个运送海鲜的货车带走了。

白勇不是她的亲生父亲，准确来说，他不是这个家里任何一个女儿的生父。

收养她们的也并非白勇本人，而是他的妻子，亡妻。

白勇一直都有暴力倾向，她之前以为他是在气自己不能生育，为了家庭的幸福，给他完整的家，她才把白玺童她们姐妹几个带回来。都说女儿是爸爸妈妈的贴心小棉袄，她还曾天真地想这个家会变得幸福起来。可事与愿违，白勇对她的态度不仅没有改观，反而变本加厉。甚至不辨是非，非说这几个收养回来的女儿是妻子在外面生的野种，所以发起疯来一起打，一个也不放过。这一切直到她再也扛不住离开人世，留下女儿们面对这魔鬼。

白玺童对于养母没有什么印象，她离开时她还太小，是姐姐一手带大。小时候第一次见到大姐披头散发神情恍惚地回家时，她问她发生了什么事，大姐爱怜地望着她，抚摸着她的脸，哀怨地说："童童，快点长大离开这里。"

而在那之后的第二天，大姐就不知去向，没人敢提她的去向，直到多年后白玺童才知道她服下毒药跳了城市大桥，那样决绝的赴死，是对活着彻底失去了希望。

白勇是做水产运送工作的。

夏天运送水产繁忙，他无暇顾及，打她们的频率就会相对少些。

冬天封海，白勇没了生计，空出来的货车是他天然的屠宰场，他看着家里的女儿们总是会想到亡妻，认为她们的存在就是要羞辱自己。于是他将她们一次次粗鲁地扔进货车一溜烟开走，在亡妻的坟前拼命地毒打，当作报复她背叛的最佳方式。每每喝到烂醉时，他就会叫来白玺童，用钩子一样的眼睛看她，说着不知所云的话。

白玺童只听清楚了一句："你长得最像她。"

她想长大，这一天终于来了——当她端详着自己手里刚刚拿到的身份证，她知道今天也许就是逃离地狱的日子。

她要走得远远的，新的人生，从十八岁开始，不算晚。

白玺童找到司远森的时候，他正在学校的图书馆找书。

见四下无人，白玺童从背后抱住他，他很高，高到自己连他的肩膀都不到。白玺童喜欢他的高大，人长得高连影子都会比较长，她仿佛缩在他的影子里就会很安全。

阳光正好，从一旁的窗户照射进来，晒得人身子暖暖的。她的脸颊贴着司远森软软的米白色毛衣，她想流出的眼泪被这暖意融化，一到眼眶就变成了微笑。

"你这只小猫咪又悄悄逃课呦。"司远森转身正面抱住白玺童，宠溺地把她的头埋在自己的怀里。白玺童踮起脚尖踩上他的鞋，他就小心翼翼地左右摇晃，像是一个立式的摇篮。

"远森，我们走吧。"白玺童说这话的时候特别小声，如果不是图书馆安静，可能只有她自己才能听到。

司远森的嘴唇附到她的耳朵上，轻声说："小馋猫这么早肚子就饿了？等我把参考书找齐，就带去你吃芝士火锅，怎么样？西门新开一家，听人说……"

白玺童听着他温温柔柔地描述那家芝士火锅店，此刻她多希望自己真的就和一般大学生一样，无忧无虑，可以为一顿丰盛的午餐就感到幸福。但白勇阴魂不散，让她永无宁日。

她吸了吸鼻子，好不容易提起的勇气，被司远森的温柔击退，话到嘴边就是开不了口。她看着司远森的眉眼，她该怎么跟眼前这个纯净少年提起自己面临的困境，又怎么能把他拖下水。

末了，她只说了一句："好，我要再加一份炸鸡。"

芝士火锅店开在学校附近又价钱公道很受学生党欢迎，店里装修全是小清新风格，原木的桌椅，让人仿佛置身首尔街头。

白玺童喜欢这里的装修，让可以让她暂时忘记自己的处境。

司远森怕木质椅子凉，自己坐下后摘下围巾垫在白玺童的位子上，然后拍了拍瞬间改良的座椅，"我家大胖儿快坐这，这离上菜口近，你第一个吃。"

白玺童掐了他的脸一下，又好气又好笑地说，"我家大狗真乖，对觅食这门课题总是考虑得这么周到。"

两个人笑作一团，引得旁边用餐的客人也闻声看过来，司远森赶快搂住白玺童的脖子，把食指放在嘴唇上，"嘘，小心被人家发现你胖给你少上一块肉。"

"是你该小心捕狗大队吧，咯咯。"

小情侣之间的打情骂俏却引得角落里的杨淇悦咬牙切齿。

她在他们二人嬉笑的时候走到桌前，越过白玺童眼神直接看着司远森说，"远森学长，这么巧你也来这里吃饭啊？"

"嗯嗯，嗯，我家大胖儿钟爱这种长肉食品。"说着他被白玺童在桌下猛踩住脚，自顾自地跟白玺童说笑，以为面前的学妹不过是礼貌地打个招呼而已。

但两人这一闹，就把桌子上的柠檬水不小心洒在他裤子上。于是他不得不去厕所稍做处理，白玺童还沉浸在你侬我侬里，却毫无征兆地被一直站在旁边的杨淇悦泼了盆冷水：她说，"白玺童，别以为我不知道你是什么水准，穷得叮当响还好意思霸着司远森不放。我想要的东西就没有得不到的，你识相就滚远点。"

白玺童正打算还嘴，但听到杨淇悦说："你知道司远森现在实习的公司是我家的吗？我爸一句话就能把他扫地出门，如果你是真的为他好，就把他让给我。"

入夜，司远森把白玺童送回家，在离房子一条街的地方，他们就分开了。

白玺童说父亲封建，还不让她谈恋爱。其实是担心白勇知道有司远森的存在，会把她抽筋扒皮。

但司远森完全没有怀疑她的说辞，每次就送到这里，然后对她说："等我毕业赚钱能养活你了，就光明正大去你家拜见岳父。"

白玺童假装回家，其实偷偷站在小巷的阴影里看着他。即便他以为她已经走了，但还是站在原地往她离去的方向张望着，满脸笑意，舍不得走。

她怕被发现，又往后缩了缩，然后她看见他回身发现一家家具店，进去不到三分钟，就夹着一个印有拉布拉多犬头像的精致抱枕出来，笑眯眯地一溜烟跑没影。不一会，白玺童就收到他的微信："给你买个垫子，解救我的小围巾。"

在这个世界上，大概对白玺童最好的人，也就是司远森了吧。

她回忆起他们在一起的日子，他总是毫不掩饰地表达对她的爱，白玺童曾说，司远森就是一口文火慢炖的锅，无论多么冰冷坚硬的东西，扔进他的锅里就一定会被融化。

他把她的一点小事都放在心上，把她当作豌豆公主一般。可白玺童不是啊，她不仅不是公主，她简直就是命如草芥。

司远森把她受一点委屈当成天大的事，但其实这算什么呢，她是白勇乱棍下打出来的铜皮铁骨，不足为惜。

杨淇悦的话一直在白玺童脑子里回响，她不怪她，因为她说的是事实，是白玺童很想要逃避却终将面对的他们之间的鸿沟。

白玺童，司远森不是你世界里的人，别把他从天堂里除名，别让爱你成为他人生的劫难。

既然迟早是要做出这个选择，趁现在还能全身而退，分手吧。

她决心退出司远森的身边，她似乎要失去生命里唯一的美好。于是她冲出小巷，想要追赶上他，至于说什么，她也不知道，她只是想再抱抱他，再抱抱他柔软的毛衣。

但还没跑起来，不到五步，她便停住了脚步。

她不能对他说出心里的话，只能自己远远地望着已经望不到他身影的方向喵嘟着："如果我注定得不到幸福，至少你要有更好的未来。"

岂料这句话被一个正在小巷吸烟的男人听到，笑着打趣她："那不如换我怎么样，反正我也不幸福，谁也不会拖累谁。"

自那天起，白玺童就向学校告假，声称去旅行，没再在学校露过面。

而司远森正忙着实习，很少回学校，自然也就不知道她的真实情况，每每手机联系，她都声称在上自习匆忙挂掉电话。

她已下决心远离司远森，以免拖累他。

白勇总是习惯喝上几口小酒，若恰到好处，就会哼上两段戏，但好心情过后就会如暴雨骤降，暴力就会接踵而至。

但今天他的酒一瓶瓶下肚之后，却显得有些心不在焉，连白玺童从他旁边过去，他都没有反应，换作平常定会狠狠摔东西过去。

那屋，白乐萍呕了两声像是身体不适，白玺童看白勇没有要管的意思，就溜进房间。一进去，就看见白乐萍躺在那个旧到发白的床单上，背对着她。她一时不知该怎么自处，她不想坐在空出来的床边，还以为白乐萍刚挨了白勇的拳头，已经想不到安慰的话。

于是她站在那儿，只得苍白又关心地问姐姐："姐，你还好吗？"

见白乐萍不说话，她以为她是睡着了，刚想走，又被叫住。

她说："我怀孕了。"

然后，白乐萍坐起身，用手抚摸着平平的小腹，泪眼婆娑地望向妹妹。白玺童见过这个眼神，跟当年的大姐一样。

她好怕会再失去一个亲人，一下扑倒在白乐萍身上："姐，和你喜欢的人一起走吧。世界这么大，总会有你们的容身之所，怎么样都好过留在这里。"

白乐萍破涕而笑，眼前这个小妹妹曾那么纯真，她多希望白玺童能逃过一劫，可自己的处境又岂是偶像剧一般浪漫，私奔要有多大的勇气，多爱她的人啊。

更何况，白勇哪会放过谁。

她说："童童，这人生为什么如此艰难？"

Part 2 ......

H市的城市大桥建在滨江之上，白玺童从未仔仔细细看过它。

这是当年大姐自杀之地，天道轮回，十几年后，这次换她站在这里，打算着结束这烂透了的命运。

这个世界，她活够了。

午夜的城市大桥哪有什么行人，只有三三两两的车辆偶尔经过，但奔驰驶去，谁也不会在乎她一个小姑娘站不站在这里。

白玺童其实是想大哭一场的。

她想问问大姐，这江水冷不冷，溺死后会不会真的七孔流血。那画面她一想，就觉得好血腥好害怕。她其实胆子很小，小到害怕蟑螂恶狗癞蛤蟆，更别说死了去未知的世界。

只是这些都不及她对白勇的恐惧，她不想白乐萍的今天成为自己的明天。

她也想问问自己的生父生母，为什么当初会不要她，为什么还不来找到她。她不需要锦衣玉食，不需要呵护备至，就给她一口饭就行，让她过一过安稳的人生就好。

他们在哪，如果知道自己过着如此生不如死的日子，会不会有一丝心疼。

她还想到了司远森，他一定会大哭一场吧，也许几年之内一看到他们曾一同经历的种种，就会想到她。但他也终将把自己遗忘，他会爱上更好的姑娘，门当户对的姑娘。

希望司远森永远不会得知自己真正的处境，永远不会知道世界的险恶。

这一切的一切，所有她爱的，恨的，可望而不可得的，白玺童都统统想了一遍。

江风四起，低温把脑中的温存和愤怒都冰冻掉，天已经蒙蒙亮，似乎太阳就要出来了。

但她不敢看日出，怕又想看到了希望，让她好不容易下定的决心又胆怯退缩，而所有的希望终将只是假象。

趁着太阳尚未升起，她纵身一跃。

心无挂碍。

江流竟是如此温暖，像是母体的羊水，第一次她触及母爱的感觉。就这样结束吧，若有来世……

就在白玺童弥留之际，她被人一把拽住，她被人带着在江水里游移，不多时，她就感到衣服湿哒哒地贴在她身上，她躺在岸边，她轻轻一嗅，水草味之外，是泥土的芳香。

当她试着微微睁开眼睛，太阳已出，天边漫着猩红的血色，她获救了，这一刻却不知该庆幸还是更加绝望。

由于刚刚在江里她有些许溺水，浑身酸疼动弹不得，但她感觉到有人在解她的衣服扣子。她想要反抗却没有力气，手脚也不听使唤，只能任凭他摆布。

说来也奇怪，江水是那么暖和，现在上了岸，就觉得寒意来袭，晨风一吹更蒸发了身上的水汽，让她的体温骤降，禁不住打冷战。而当她的湿衣服被脱下后，反倒没刚才那么冷了。

此刻她已恢复知觉，终于看清救援者，当那张既熟悉又陌生的脸出现在她眼前时，白玺童大惊失色。

"怎么会是你！"

说来巧合，救下白玺童的，竟是那夜在路口相遇的人。

他脱掉了白玺童厚重而又浸满水的沉甸甸的大衣，接着从车里拿来一条备用的小毛毯裹住她。她如释重负，死里逃生好像被这份暖意包围也不错。

上车的时候，白玺童没注意车的外观，当时她一双眼睛全在观察着眼前的男人，他挺拔的背影，那种疏离感像是拒人于千里之外，但因为之前的对话，又让她有一点亲近感的错觉。而待她坐在车里之后，才发现这貌似是一辆价格不菲的豪车。

两次的相遇，他们谁也没有自我介绍，更没有一方去询问对方的身份。

这让白玺童感到放松，他们都不在乎彼此是谁，只是在适当的时候恰巧遇到，短暂的交集后就是永不相见。如果人与人之间的相处，都能如此，那该会多么简单自在。

他亦不关心她为什么要轻生，说到底他与她也不过是一面之缘，只是当他路过这里时，恰好看到她跳下去，出于对生命的尊重他下意识地去救人。

至于现在的悉心照顾，只是他习惯性的绅士之举。他扛不起救命恩人的称号，也无需对毫无背景的小丫头献什么殷勤。

就在这时，白玺童突然转头看向正在开车的他，问："你这么有钱，家里需要用人吗？收拾屋子、做饭、洗衣服……的那种，我很擅长打扫的。"

她问得突然，听得他一愣，手中的方向盘都有了些许晃动。他侧过去脸，与白玺童四目相对，只有短暂的两三秒，没有回答却玩世不恭地挑了挑眉。

这是白玺童第一次与他对视，他的眼睛嵌在很有轮廓的眼窝里，明亮但又深不见底，像是桥下这江水，说不上来为什么温暖，又后劲十足地让人陡添凉意。

她想，一定是自己脑子进水了，不然怎么会在这种时候向人家毛遂自荐。好在她知道他也不会当真，于是笑笑，也没多做解释。

很快到了白玺童家楼下，趁清晨没有人，她又蹑手蹑脚地回到家中，白勇睡得鼾声四起，这场无疾而终的自杀，像是梦游，天亮了也就过去了，无人知晓。

除了他。

想到在分别时，他对她说的那句："第一次遇到你，你说你注定没有幸福。第二次你去跳桥轻生。我很期待还会有第三次相遇，好好想想，别让我失望。"

可能她不知道，她想这些时，他嘴角已经上扬，露出齿如编贝，何其好看。

但她的笑容还没完成就凝固在脸上，她一声尖叫打破宁静的房子。

白乐萍躺在血泊之中，奄奄一息。

原来这夜，姐妹俩不约而同选择了了结生命。

白玺童抱着她哭得声嘶力竭，"姐，姐你别死，我救你，我能救你，我想到办法了，我去赚钱，赚好多的钱就能养你和孩子了。"

好在白玺童发现得及时，把白乐萍从鬼门关抢了回来。

医院里，白乐萍输着液，呼吸均匀地躺在病床上。

此时，白勇不耐烦地在病房踱步，气不打一处来，哪怕白乐萍已经这般憔悴，他也依然咬牙切齿恨不得举起拳头打破她的头，她这一抢救，又花了他好多钱。

但这是医院，他不好凶相毕露，心里想着等回家了再收拾她。

白玺童坐在一旁握着姐姐的手，满是担心的神色，于她而言，白乐萍是唯一的家人了，她不敢想若是她不在了，自己要怎么面对这孤独又残酷的世界。

白勇显然也受到了刺激，喋喋不休着："野种，又是野种，和那个女人一样，不懂得自尊自爱，不要脸！"

白玺童不明白大人的事，或许姐姐的遭遇会被人指指点点，但起码白勇没有这个资格，她愤怒地说："你从来没有尽过当父亲的责任，对我们从没有关怀，现在姐姐做的是对也好，是错也罢，你放心丢脸也丢不到你的脸上。孩子是要或是不要，也不会花你一分钱。养大我们的钱，我会一分不少还给你，从此以后我们划清界限。你如果再敢动我姐姐一根手指头，我一定会报警。"

他出乎意料听到白玺童这么说，没控制住自己的情绪，一下子声音高了八度，这让病房外正在巡视的护士察觉了异样，推门不耐烦地让他小点声，这里是医院。

于是他又不得不压低音量："这时候你别在这跟着胡闹，小心我……"

"你说吧，我们要还给你多少钱，才算够'报答'你的养育之恩？"白玺童从未有过这样的气场，掷地有声，她不是在求白勇放过，而是一场交易。

白勇眯起眼呸摸呸摸嘴："五十万，你有吗？"

"你说的，我给你五十万，你就放了我们。"

"哼，你当你是谁，天王老子哦，还五十万，我看你连五十块都没有。"白勇冷笑着。

白玺童从包里拿出纸笔让白勇立下字据，如果自己给他五十万，他就从此放她们两姐妹自由，再也不会以父亲的身份对她们纠缠。白勇只当小孩子胡闹，懒得听她胡言乱语，想都没想大笔一挥签了自己的名字。

"五十万我就当这些年的抚养费，少一个子儿都不行。要是给不出来，以后就再也别在我面前耍什么威风。"他说罢头也不回走了。

她要去找工作，她要赚钱。

然而当她在当地有名的人才市场走了一圈后，除了被取笑她异想天开，一无所获。大学还没毕业，哪里来的高薪高职，更别说可以提前预支给她那么多钱了。

走了大半天她累得直不起身，好不容易在路边看到一张椅子，便瘫坐在上面。手机响，是司远森。

她已经很久没有接他的电话了，盯着手机屏幕里他的名字，属于大学生纯真的恋爱，已经是她高不可攀的奢侈品了。她现在只想让自己和姐姐能脱离魔爪。

她按掉了司远森的电话，可是紧接着又打进来一个陌生电话，她犹豫好久要不要接通，猛然想到也许会是白乐萍借了医院的电话打给她的，就想都不想地按下接通键。

"喂？"

"您好，请问是白玺童，白小姐吗？"

"嗯……您是？"

"白小姐您好，我听说您在求职，我这边有一份工作不知您是否有兴趣了解一下？"

奇怪，白玺童似乎从来没有在网上投过简历，那这个人是从哪里得知自己的联系方式呢？也许是在人才市场从别人那听说来的吧，只是在接连受到拒绝后，白玺童对于自己的职场竞争力和开出的要求很没有自信，冷静过后更觉得不会有任何一家公司能接受她。

于是她停顿了几秒钟，小声说："恐怕您是不会同意我提出的入职条件的。"

"不妨说来听听，所以您的入职条件是？"

"我想要预支五十万，算我工资五年、七年、哪怕十年也可以。"

她本以为此话一出定会像之前一样引来爆笑，可谁知那边非但没有任何嘲笑之意，反而爽快地一口答应，还爽快地说："那就签三年吧。"

白玺童觉得自己身无长物，以自己的学识，怎么会这么轻松就找到年薪十几万的工作，更何况还是在没有任何面试的情况下，就同意提前支付。

她从不相信天上掉馅饼的美事，机警地问："你这工作该不会？"

"白小姐您别误会，我们的工作就是做保洁员而已，打扫房子、打理院子里的花草之类的。"

"好，我去。"

天无绝人之路，或许上天真的有好生之德，对她网开一面，心生怜悯了吧。

她这么想着，像是放下了心中的巨石，对新的生活充满憧憬。

在白玺童惴惴不安的三天后，一辆黑色迈巴赫驶进这贫民窟，与旁边年久失修的小棚子和几辆生了锈的永久自行车，显得格格不入。

司机按指令停好，绕过车身为坐在后座的人开门，他站得笔挺，一身简约的黑西装是名牌定制款，精致西装扣在阳光下闪闪发亮。

见车里的人有下车的意思，他毕恭毕敬俯下身，一只手卡在车门框处，另一只手试图去扶他的Boss。

但从车里率先落地的，是一根黄花梨木拐杖，没有太多花哨的雕刻，确是出自最好的工匠之手。紧接着一位胡子稍有斑白的男人从车里气定神闲走出来，和善的面容里藏着不容小觑的威严。

虽然腿不比平常人利索，但在他身上，反倒成为另一种别样的味道。那种感觉像是退隐战场的将军，战功赫赫的气场。

他一步一个台阶走上去，司机碎步跟于其后，上了大概一半，他若有所思地眨眨眼，回头压低声跟司机说："你别跟着上去，再把她吓着。"

司机连声道"是"，站在半截台阶上目送着他。

三声有条不紊的敲门声叩响，白勇午睡刚起，带着起床气不耐烦地前去开门。素来张扬跋扈的他，却被眼前这个微笑着的男人震慑住，大气都不敢喘。

"你，你找谁？"

"请问，白玺童，白小姐是住在这里吗？"

"她是我小女儿，你找她什么事？"

白勇说这话的时候回头看向白玺童房间，心里一下子有了不好的预感，这个臭丫头该不会真的报警来抓他了吧，但这人怎么看又不像警察啊。

他想关门，直觉又告诉他，门口这个男人绝非池中之物。所以，即便不知道对方身份，他也忌惮三分。想了想，先请进屋来。

白玺童这才从屋子里出来，其实打从刚才来人叫出她名字的时候，她就猜到了，定是自己的雇主。看到这样一位老绅士时，她不由得暗自松了一口气，起码他看起来跟白勇那样的禽兽是不同的，想必在这样的人家里做工，也不会对她太过于为难。

只是没想到，她一个保洁人员，居然会让雇主亲自上门来接。这算什么？欢迎新员工入职的方式，员工福利？

他自我介绍名为洛天凡，寒暄几句之后单刀直入说明来意。白勇听得云里雾里，根本不知道发生了什么事，白玺童躲开他们二人的眼睛，低着头看着手指攥着衣角边。

"那么白小姐，您看这支票您收下？"洛天凡将一张五十万的大额支票递与白玺童。

她接过支票，仔仔细细数清后面的零，犹豫了片刻，然后鼓起勇气将支票狠狠摔到白勇脸上："你要的五十万，现在你可以去法院解除我们之间的父女关系了。至于姐姐，等她出院，我会安排她的住处，也不劳你费心了。"

白玺童等这一天等了好久好久，她大姐还在世的时候，她就想过有朝一日一定要带着两个姐姐逃离这人间地狱。今天正好趁有人在这里，还有了个见证人。

白勇被突如其来的支票扇了脸，自觉没面子，怒发冲冠下意识反应就要抬手打人。洛天凡举起拐杖轻轻一拨，就拦住了他力道十足的胳膊。

"我打自己闺女，关你什么事！"白勇不敢看他，只是小声嘀咕着，然后又验了验支票，说："是不是真的啊，这臭丫头怎么会搞到这么多钱？你们该不是合起伙骗我呢吧。"

洛天凡不理他，走近白玺童，亲切地说："白小姐，我们走吧。"

白玺童什么都没带走，前路是荆棘丛生，是刀光剑影，她不知道，也不敢想。

只是这间屋子里的一切，从此再与她没有关系了。这里将会成为她的前世，踏出这门后，她会忘得一干二净。

但他们刚要走，白勇从身后一把扯住她的脖子，阴狠地吼道："想走？没那么容易！"

白勇不甘心就这么放走白玺童，自己亲手养大的女孩，岂会让她说走就走。

他几近疯狂地攥着她的脖子，嘴里不停地念叨："我不放你走，我不放你走，你是我的女儿，你们都是我的，谁别想抢走。"

他胁着她一路向后退，撞到了沙发，又撞倒了花架。那是白玺童亲手养的花，现在落到地上，被白勇踩在脚下。

一时间，屋里乱作一团，白玺童说不出话，被勒着脖子，脸已经通红通红，由于缺氧，张大嘴巴，妄图吸进更多氧气，同时向洛天凡伸手求救。

司机在台阶上等着，听到楼上有撞击声，担心是不是出了什么事，赶忙三步并做两步赶过去。

门半开，他看见洛天凡安然无恙便松了一口气，刚准备过去制服白勇，被洛天凡一个摆手拦下了。

洛天凡沉稳冷静地一步一步走过去，与白勇的慌乱形成鲜明对比。他握住白勇攥着白玺童的手腕，不动声色就让白勇跪地求饶。他的力道，旁人一点看不出有多强，但受力者根本承受不了这样的手劲。

他又加了几分力道，微微皱了皱眉，眼神犀利地看着白勇，警告说："以后她就是沈家的人。"

洛天凡带走了白玺童，留下白勇独自一人跪在这一地破碎中。他咒骂了几句，然后拿出那张支票，大声哀号。说不清这里面是对她反抗的愤怒，还是对二十几年朝夕相处情分的不舍。总之那一刻，他意识到，可能自己这辈子将再也见不到白玺童。

他想到了自己第一次抱着她在襁褓中的模样。

想到了妻子曾说："你看这个小的，长得是不是和我很像？"

是她说的，收养了孩子，他们这个家就完整了，可如今还不是只剩下他一个人。

他又开始不停地咒骂："贱女人，贱女人……敢骗我……"

白玺童坐进车里，与白勇的海鲜运送货车擦身而过，她回头看了一眼，全是恨意。

善于察言观色的洛天凡看在眼里，问白玺童是不是讨厌那辆车，然后便轻描淡写跟司机说了一句："烧了它。"

于是就在当晚，城市新闻报道，在近郊的空地上，一辆印有"海鲜货运"字样的大货车不明原因自燃，火光冲天，爆炸声震天响，消防车赶到时，烧得就剩躯壳，灰飞烟灭。

而白玺童被洛天凡带进一栋山顶别墅，上山路都被人严加看守，安保人员像护卫队般在路上巡逻，两旁是茂密的树林，其隐秘感不言而喻。

大门口写着"沈宅"，守门人认清车牌，敬个礼便放他们通行。

进了大门，是一片开阔的庭院，没有高树，草坪平铺开来，种植着灌木，点缀以雕塑。小路九曲回肠，弯弯绕绕如曲水流觞，绕着一汪清潭而行，尽头便到了住宅。

他们穿过灯火通明的大厅，十米的落地窗飘着绸缎裁剪的窗帘，红玛瑙的底色零星闪烁着玫瑰金光，不知是灯光映衬还是确有金线镶嵌。

家具皆是百年的小叶紫檀木，散发着悠悠香气，沁人心脾。主人不喜欢冷冰冰的大理石，于是别墅内地全部采用摩纳哥空运来的地毯铺就。整个屋子看起来低调而奢华。

上了二楼，洛天凡在一扇雕刻着朱雀的门外驻足，不敢敲门，小心翼翼朝门里说："少爷，人已经来了。"

隐约听见门里有人说："进来。"

然后洛天凡看了眼白玺童，虚着声音在她耳边说："别怕。"

Part 3 ......

他背对着她，站在落地窗前，手里晃着盛着红酒的高脚杯，即使听到进门声也没有转身。只是这个背影，让白玺童觉得似曾相识。

这个人，她一定见过。

幽暗的房间陈设极为简单，一改客厅烦琐的风格，这里清淡得没有一丝温度。他站在这样的房间里，成为当之无愧的王者，没有一点多余的配角，将他的孤傲清冷衬托得熠熠生辉。

白玺童不敢越雷池一步。

他把酒杯里的红酒一小口一小口抿进嘴里，白玺童心想他可能就是站在这面窗前看着自己进来的。他是谁？

还有，原来洛天凡并不是她真正的金主，那究竟是什么人能让洛天凡这样气场全开的男人俯首称臣？

这时，他缓缓转过身，倚着窗，慵懒的眼神迷离地向她的方向看过来，眼皮都懒得挑高，她在他眼睛的眯缝里战战兢兢地杵在那儿，脸上的表情把情绪暴露得一览无余。

大喜过望。

是他！是那个偶遇的男人，也是那个曾在滨江里把她救起的恩人。

白玺童没想到当初自己一句戏言，他竟真的雇佣自己来当保洁。

她记得他是那样的儒雅绅士，心里的防线一下子统统卸下，原本僵硬的身体在这一刻放松下来，小步跑到他身边，笑靥如花，道了句"原来是你呀"。

然而，原本灯光下她看不清表情的那张脸，在近距离下吓得她连退了两步。

虽然面容和之前的一样，但这样的神色，是她从来未曾见过的。

冷漠、阴沉，还有稍许不怒自威。

她怔怔地看着他，刚刚想说的好多话，一下子一个字都不敢多言。

而他轻轻捏起她的下巴，仔仔细细地端详着这张脸。她的脸很小巧，下巴玲珑有致，捏在手里像是梅雨时节新打的青杏，表面软软的还有婴儿般的细小的绒毛。

"初次见面，我是沈先礼。"

他随着她急促的心跳，在她唇边说道。她睁开眼，张了张嘴，呵气如兰，紧张地往后退了退，掖了掖鬓角的碎发，说："我叫白玺童，我会努力工作，好好干活的，一定把房子打扫得一尘不染。"

沈先礼的手从她的下巴处拿开，这倒是让白玺童安心了不少。想来也是，像他这样的人，要什么女朋友没有，不会对自己有非分之想的。

大概……只是打招呼的方式特别了点吧，一定是这样的。

这时，电话响起，他余光一看屏幕上闪着一个名字"梁卓姿"。迟疑片刻，才接通电话，"嗯"了几声，就说"这就去"。

临走，他扔下一句"把契约签了"。

而她对着他的背影喊着："谢谢你的帮忙。"

黑暗里他笑得讳莫如深，帮忙？那真是以后也不要客气呢。

沈先礼走后，白玺童拿起那份摆在桌子上的契约，仔仔细细地读了一遍，虽然长达几页，但总的来说和普通的劳务合同也没什么区别，至少她没看出来有什么异样。她本以为年薪这么高的保洁工作，会吹毛求疵有很高的要求，但在合同里也完全没体现。

她环顾了一下房间，暗暗地把这理解为有钱人家的薪资标准，自己也就没再多想。

刚要下笔签下名字的时候，才注意到有一条：已提前预支三年薪资五十万元整，期限年满之前，不得辞职或未经允许擅自离岗。

她一向是细心的人，看到这条后，又习惯性地去查前面的规定，如果说不能擅自离岗，那么在岗的时长是……竟然是全天二十四小时，一周七天，三百六十五天全年无休！

看来大学只能做休学申请了，不管怎么说先渡过眼前的难关再说。

这时，她听到门口有响动，毕竟是初来乍到，怎么也要守规矩，不知前来的人会是谁，她只管毕恭毕敬地站好。

洛天凡轻轻推开了虚掩着的门，见她手里正拿着合同，欲言又止地说："白小姐，如果签字就是法律生效了，三年内您都不能离开这里。"

白玺童没在意地点点头，指了指合同的那一条说："好的，我看到这里有写。"

说着就要落笔，洛天凡突然走过来，一脸严肃地说："现在反悔还来得及。"

白玺童弄不懂为什么他会这样说，那感觉就像是劝自己不要来这里一样，想了想也许是他觉得她这样的年纪该去上学，不该为眼前的钱而放弃大学生活？

她理解他的一片好心，但她需要这笔钱，比起大学，能和白乐萍一起离开白勇更重要。于是她说："我家的情况您也看见了，我要带姐姐一起脱离苦海，就只有赚到这笔钱才能独立。大学那边我会申请休学的，三年之后我会再回去继续读书的。不过还是谢谢您对我的关心了。"

洛天凡眼看着她一字一字写下自己的名字，他一直在控制自己，不要伸手去阻拦她，如果被沈先礼知道了，定不会放过他。

可他实在是于心不忍。

从把白玺童带到这里来之后，看她走进房间，他就站在门后，怀疑自己这样做到底对不对。他曾错过一次，而这一次这样的决定与行动，不知是算亡羊补牢还是一错再错。

但现在，当白玺童举着契约递到他手里的时候，他就知已回天乏术。

她在洛天凡安排的偏房休息，和沈先礼的房间一样在二楼，但却是在最里面，甚至需要拐个弯下三个台阶才能到，如果不是知道走廊的尽头还有这间屋子，一眼看过去根本发现不了它的存在。

怎么不是和其他用人住在一起呢？她特意看了看，其他房间都空着，整层就只有她和沈先礼两个人的房间。

但她没有发言权，被安排住在哪里定有道理，她只管听从就好了。

这间屋子虽然不及沈先礼那间宽敞，但也是白玺童从未见过的华丽，窗幔被精心设计地搭在一边，真可谓是大富之家无陋室。

白玺童住的这间房间是西向房，窗下种植着一片花田，黑夜路灯下她看不清颜色，只是推开窗，就有花草的味道飘进来。

等她把房间环顾一遍，一整天的疲累上身，她拘谨地躺在这柔软舒适的大床上，蓬松松的被子包裹着她，她陷在其中，想要思考什么，却沉沉睡去。

一觉醒来已是清晨，没有人来叫她，待白玺童穿戴整齐走出房门，用人们已经在各司其职地打扫着房间一丝不苟。

她见正在指挥用人摘窗帘的稍有年纪的人看起来像主事的，便走过去，问她："您好，我叫白玺童，您知道我具体需要负责做什么工作吗？"

旁边有人唤了她一声碧云姐，她手脚麻利地递过去工具，眼睛始终盯着那边摘窗帘的工作，把白玺童当作空气一般。

见她没有要走的意思，这才冷冰冰地说："我不知道你是来做什么的，洛叔特别交代随便你想做什么差事。你随意吧，我可不敢管你。"

白玺童热脸贴了个冷屁股，不知是哪里得罪了这位大姐，无缘无故就吃了脸色，好在她早就习惯了低人一等的姿态，没关系，她并不在意。

她识相地走开，又没有人来跟她交代她的工作，不过这么多工钱已经预付给她，想必她总会知道该做什么的。

想起昨晚在窗下望到的那一片花田，既然管事的都说了让她随意，那她就恭敬不如从命了，何不去院子里走走。

刚一出门，就遇到洛天凡想要进来，二人撞个满怀，她趔趄了一下，被他扶住。他一如昨天，依然是和蔼的样子，问她："白小姐，吃过早饭没有？"

"没，没呢，洛叔您早。"大概是要称呼他为洛叔的吧，她心想。

"白小姐也早，您这是要去哪，先吃点早饭，别饿到。"说着洛天凡就招呼碧云姐给她准备早餐，并且叮嘱往后白玺童的一日三餐不得怠慢，不能含糊。

白玺童实在弄不懂这大户人家的规矩，她一个做保洁工作的用人，还能被尊称一声"白小姐"，还有专人给她做早饭？真是难以理解。

十分钟后，一桌丰盛的早餐就摆在白玺童眼前，她看着洛天凡的眼色，坐在了最末端的椅子上，捻起离自己最近的一块可丽饼小口咬下去。

真好吃。

她从来没吃过这么好吃的早餐，中式西式各有几样，无论是可丽饼、华夫饼、三明治，还是煎饺、小笼包、羊肉、小米粥，都那么美味。看起来平淡无奇，吃起来却特别有滋味。

想起自己以往做的饭菜，真是有差距。

白玺童觉得洛天凡和最初来白勇家接自己时的气场很不一样，现在的他特别有亲切感，对自己也好像很照顾，所以在他面前逐渐没了包袱，面对这么多美味，大吃特吃起来。

说起来她也不过是年纪轻轻的女孩，之前那么多沉重的经历压得她喘不过气来，一朝得以逃脱，她要痛痛快快感受下人世间的欢悦。

洛天凡没什么要紧事，就坐在一旁陪着白玺童用餐，一面好性格地跟她介绍这座别墅的人事情况，告诉她如果发生了什么事就去找什么人。

白玺童吃得差不多，抹了两下嘴，她听洛天凡讲那些无关紧要的人并不怎么上心，只想了解沈先礼，可不能不小心得罪了他。

"沈先礼呢？他是什么人？"

"白小姐，对少爷不能直呼其名，要称他为沈先生或是少爷。"洛天凡好意提醒她，伴君如伴虎，她在这里的每一步都要走得小心翼翼，对别人她或许可以不当作一回事，但唯有沈先礼，她一点都不要招惹。

要是她能平安地在这里度过三年，那就最好了。

但他不可透露太多，只简单介绍了沈先礼，准确说来是介绍了沈家。

"少爷是沈家的唯一合法继承人，自从年初老爷去世，少爷就接管沈氏集团。沈氏集团你可能不是很了解，但泛海船运、华信电讯、滕涛物业等都是沈氏集团的产业……"

白玺童睁圆了眼睛，听洛天凡介绍了几十家她耳熟能详的H市的产业支柱企业，原来这些都是沈家的，不用说其他，光华信电讯出的手机，昂贵的售价就让她买不起了。

末了洛天凡总结了一句话："沈家掌握着H市，乃至滨江三省的经济命脉。"

洛天凡离开之后，白玺童还处于沈家富可敌国的震惊里。

碧云姐见她坐在餐桌前迟迟不走，没好气地说："这位小姐，如果您没别的事，能不能让一让，我们不比您，我们还要打扫这里。"

白玺童连忙站起来，说了声"对不起"，在一旁看着她们干活。刘碧云把她当透明人，心里非常厌烦家里多了这么个莺莺燕燕。

一个比白玺童年长两三岁的女佣趁刘碧云不注意，拉过白玺童悄悄跟她说："白小姐，听说您是洛叔钦点来这里工作的，碧云姐对洛叔……自然对您有敌意。您还是离她远一些吧，您如果不嫌弃，等我忙完这边，陪您走走。工作的话，既然她都说了你随便，要不然就和我在一起干活吧。"

这个家里，难得遇到看起来能和她交朋友的同龄人，心里有点高兴，想着以后在这里好像是能有个伴了。

小女佣拉着她一起把客房的玻璃窗擦干净，对她很是照顾。小女佣名叫祝小愿，来沈家一年多。她长得白白净净的，说起话来眼睛弯弯的，让人很喜欢。

白玺童初来乍到好不容易有人主动跟自己亲近，就很快把她当成了朋友。她早上向洛天凡打听沈先礼得到的也只是表面信息，比起这些，作为一个用人，她更关心的是沈先礼的脾气秉性，一些忌讳和喜好，正好趁此机会向祝小愿打听，她在这里做工多年总会知道些安身立命的办法吧，于是便问道："沈先生，你了解吗？"

"你先回答我，你是为什么来到沈家的？"鸡贼的祝小愿与白玺童讨价还价起来。

白玺童一时间找不到话回答，一个洛叔把她带进来就能树敌，如果她如实告知是自己求沈先礼帮忙来当用人，那她往后在这里的日子就更难过吧。

更何况，谁会相信，她能有这样天大的面子，还能和沈先礼有交情？

她只好支支吾吾地将计就计说是洛天凡安排来的，看自己可怜出手相助。

祝小愿松了一口气，然后便口若悬河，毫不吝啬对沈先礼的赞美。

沈先礼为人绅士，没有一般公子哥儿的张狂，永远温文尔雅。

无论是对女伴，还是女仆们，都谦逊有礼。他为人和善，从来没有过大发雷霆的时候，下人们犯了小错，只要他在，都会帮忙跟刘碧云求情，随手给的小费也很丰厚，不吝啬钱财。

祝小愿眼冒星星，一张八卦脸对着白玺童说："这还不算什么，少爷对女人都特别好。要知道他可是H市富豪名门，最抢手的女婿人选。"

之后祝小愿细数了与洛天凡有过来往的几个富家千金，隐晦地说了几句她们的坏话，又长篇大论夸起沈先礼如何如何懂女人心，如何如何对她们好，周旋于她们之中，即便明知道他还有别的女人，却个个都对他死心塌地。

这其中最有地位的是梁卓姿。

白玺童记得这个名字，那晚他们初见，这个人一个电话就能把沈先礼连夜叫走，可见她在沈先礼心中的重量。

祝小愿绘声绘色地说："梁小姐的父亲是H市航空业的大佬，她可喜欢咱们少爷了。少爷对她也比别人更上心些，对她有求必应，一到情人节什么的，都只陪她一个人过。不过也是，能配得上少爷的，就只有梁小姐那样才貌双全的千金了吧。"

白玺童从来没见过这个梁卓姿，但心想一定是个不得了的人物，自己若是以后遇到了可要多加小心，不要与她起冲突。

这时祝小愿一惊一乍问她："今天几号？"

然后自说自话地看了眼手机，失望地说："啊，今天就是情人节，那少爷今晚又不会回来了。"

Part 4 ......

到了晚上，所有人都有秩序地各回各房间，即便是情人节也没有一个人请假。

白玺童当然也不会。

今天是她从白勇的手掌心里逃脱出来的第一天，仿佛是得救一般，这样的喜悦比任何节日都让她来得更加开心。

可一躺到床上，打开手机看到司远森发来的那么多条信息，她的心还是疼了一下。

她不敢点进去，怕自己看到后会想要回复他，她想和他分享她劫后重生的喜悦，想告诉他不用为自己担心，想他。

可她又忍不住地对他留恋，她只得盯着信息列表里他的名字看，和后面紧跟着的最后一条，他写道："没有你在就不是情人节，我在中心广场的肯德基等你，等到你来，等你回来。"

白玺童对着留言，不自知地流出眼泪来，那个清朗如风的少年，在这样的节日里仍然对她念念不忘，不过几个月间，她却像更名改姓般消失了。她不曾跟司远森说起自己的下落，她只是希望就当自己死在他的记忆里就好了。

可当她看见他说这样的话，所有的理智在一瞬间溃不成军。

她关上手机屏幕，房间里一下子暗了下来，没有一点光亮。她蜷缩进被窝里，强迫自己什么都不要去想，但越是如此，往事越是历历在目，让她的思念无处遁形。

去年的情人节，她刚刚考入大学不久，对于别人而言也许正在欢天喜地地享受自己的新生活，可当白玺童听到老师说白勇给她申请了本市学生回家住宿的时候，期盼已久的唯一希望也破灭了。

什么情人节，在她眼里都一样，不过是日复一日糟糕透顶的生活，和她没有任何关系。学校里成双成对的情侣手牵着手与她擦肩而过，比起爱情，她更羡慕女孩子手里的那份肯德基。

挣扎在生死线上的人，哪有什么更高层次的精神追求。况且因为从小受到白勇的虐待，对于男人，她从不抱有任何幻想，甚至是惧怕。

一辈子单身才最好，比起情人节反倒是光棍节更适合她。

可生活从不会按谁的意愿按部就班地走下去，就像有些人注定要出现，有些感情注定会发生，避之不及又情难自已。

就在那天，司远森站在她面前，不好意思地说："学妹，老师说有事要找你。"

"哦。"白玺童虽然不知道自己做了什么了不起的事，受到了老师的传唤，但想了想今天也不是愚人节，总不至于大名鼎鼎的学生会主席亲自来拿她寻开心吧。

是的，她一眼就认出他来，应该说这个学校的学生不分男女对司远森都不会陌生，无论是竞赛还是演讲，只要是需要有学生代表出面的场合，一定非他莫属。

但她对他也只是认得出，从不敢多想，怎么说呢，和看校长的感觉也差不多吧，就是离自己很远，不关自己事的那种相对平行。

可就在白玺童起身收拾好书包准备前往老师办公室的时候，却被司远森拦住，一脸阳光明媚地说："由我代为传达。"

白玺童吸了吸鼻子，这样也好，还省去了去面见老师的麻烦，猜想不是自己交的论文有问题，就是要留下来打扫教室，便不以为意地点点头，"好，你说吧。"

"嗯……就是……"白玺童从没见过这样吞吞吐吐的司远森，印象中他一直是落落大方，侃侃而谈，怎么今天传个话就这样费劲呢。

她皱了皱眉，而司远森看到她皱眉，来不及多酝酿，赶紧说："老师说我该找个女朋友了。"

"哈哈哈哈哈哈……"在一旁听到的同学无不笑的，哪怕对这位学生会主席大人有再多的尊敬，也忍不住。

而白玺童此时是满脑子的问号，先不说老师让他找女朋友这件事有多匪夷所思，就算是认真的，那和自己有什么关系？

"所以呢？"

"你可不可以帮学长这个忙？"

"帮你介绍女朋友？"

"不用不用，不用麻烦，要不你亲自上阵吧。"

几个男生已经哄闹起来，白玺童这才反应过来，前面铺垫得那么多，都是为了这句，虽然她很想知道他究竟是怎么就选中了自己，但仍不想有太多瓜葛。

哪怕他是司远森也不行。

她打定主意一口回绝，却看见司远森正忙着前后找东西，嘴里小声和旁边人嘀咕着，"花呢？花呢？"

　　然后从后排传过来好大一捧玫瑰花，在这样的冬日里也盛开正艳，她一搭眼起码有五十枝不止，估计花了很多钱。没有什么感动不感动，惊喜不惊喜的，她只在脑中不停地换算，五十枝少说也要三百块钱，能买十本教科书，坐车去隔壁的隔壁的隔壁城市，吃五顿肯德基……

　　司远森快人一步，有花在手信心倍增，郑重其事地说："白玺童，做我女朋友吧，我喜欢你很久了。"

　　所有人都屏住呼吸等待她的回答，可看来她是要让群众失望了，她面无表情地说："那是你的事，与我无关。"

　　"可，可我喜欢的人是你啊，怎么与你无关？"司远森有些着急，出现的情况是他始料未及的，他急得满头是汗，丢不丢面子的他倒是不在乎，可出师不利他没有B计划呀。

　　白玺童人已经走到门口，听到司远森这么说又觉得好笑，回头道："我也喜欢过男明星，也没去要求人家当我男朋友，我还喜欢过我家楼下的狗，更没想过开展一段跨种族的恋情。所以，你喜欢我，就是与我无关的一件事。"

　　明明该懊恼的时候，可司远森就是被白玺童这一番看似无情的话逗笑了，这就是他喜欢白玺童的原因，她的特别之处是生人勿近的天然萌。

　　司远森举着花追着白玺童走了三条街，他并不是想死缠烂打，实在是想不到更好的办法，就像他做高数题，做不出的时候他从不想着放下之后再说，就会那么一直坐在书桌前直到解出来为止。

　　在他的世界里没有"放弃"这两个字，人和题都一样。

　　在一个十字路口，白玺童是看准了快要变红灯踩着点跑过去，想要甩掉司远森的。但没承想，为了她，他竟闯了红灯。还引得马路上的车狂按喇叭，险些引发一场交通事故。

白玺童停住脚步，突然回头对他横眉冷对，怒气冲冲地说："我想我已经说得很清楚了，但如果你无法理解，那么我再直白地告诉你，我不会做你女朋友，你另谋高就吧。"

可司远森还是笑得无比灿烂，就好像没听见她说话似的，把花递给她，若无其事地说："把花收下吧，就算你不接受我，但我不想别人有花收，你没有。"

白玺童长出一口气，她知道司远森是性格很好的人，并不想让他太难堪。只得退而求其次，"是不是我把花收下，你就不再跟着我？"

然后她把花从司远森手里抽出来，像完成任务一样说："满意了吧？回去吧。"就大步流星地自顾自走掉了。

司远森站在原地望着她，像是在看一颗不属于自己，但又让他挪不开眼睛的星星。

在路的尽头，他看见白玺童走进肯德基，鬼使神差地，他跟过去，在玻璃窗里，他看见她拿着花束跟人换了一个全家桶，正抱在怀里吃得狼吞虎咽。偶尔噎到，还猛敲胸腔。

司远森像是明白了什么，片刻之后等白玺童吃饱喝足走出肯德基时，司远森举着包装成花束模样的肯德基鸡腿，再一次出现在她面前，笑着说："是我不好，没有投其所好。白玺童，做我女朋友吧，我缺个人作伴陪我去吃好吃的。"

白玺童笑了，是真的觉得他很好笑，是那种让人心里暖暖的想要会心一笑的男孩。

而司远森很少看她笑，一见更是单纯地觉得这次的表达方式是对的，连忙说："真的，学校附近的海鲜自助、韩式烤肉、四川火锅等等吧，我都是会员。但我每次点菜都点不到好吃的，我看你很在行，很适合和我组CP。"

"如果我现在答应你，那岂不是显得我为了吃就毫无原则？"

"不，不，这说明你是乐于助人的好同学。"

"你当我傻吗？"

"我当你也和我一样，需要有个伴，喜欢上你之后我才发现原来有再多的朋友，也是会感到孤独的。白玺童，两个人总比一个人要来得好。"

那是白玺童第一次听到有人告诉她，原来不只有她会感觉到孤独，那么这样一来她是不是也就不孤独了。

她成了司远森的女朋友，这是前半生里她做过的最对的决定。

她幸福过，是司远森给的幸福，哪怕转瞬即逝，却也让她死而无憾。

如果可以选择，时至今日，她依然会在那个当下去想要拥抱太阳。

白玺童被回忆吞噬，再也压抑不住自己的内心，她欠司远森一句告别，她想要见他，哪怕是分手通知，也要当面说。

她知道，他会一直在那里等自己，风雪不动。

可就当白玺童换好衣服蹑手蹑脚地打开大门时，却与刚回家的沈先礼撞个满怀。

"我想你一定不知道违反契约的代价。"

第二章
绣在屏风上的鸟

Part 1 ......

沈先礼不喜欢情人节，这一天里他必须满脸堆笑面对那些千金小姐，他是H市的大众情人，女人们爱他，其实他才不屑于流连在这庸脂俗粉里。

但她们身后举足轻重的家族，正是他日后需要联合的友军。

他好累，伪装得好累。

而当他看见白玺童的时候，内心的怒火一触即发，像是找到了所有发泄口，再也不想扮演一个温文尔雅的君子。如果可以任意妄为，谁会想要低眉顺目。

白玺童不知道，看似拥有一切的他，内心所充满的恨意，一点都不比她少。

可她全然没意识到危险，仍把他的伪善当成和善，还以为会得到通融。"我要出去见一个人，真的很快就会回来，一定不会耽误明天的清扫工作。"她恳求沈先礼，"可以吗？"

沈先礼眸深如墨，看着她没有丝毫放行之意，可白玺童等不及了，如果现在再不走她就赶不上去中心广场的末班车，司远森在等她，她知道那是不见不散的相约。

于是她不管不顾地从他身边跑走，沈先礼也不去追她，只踱步走进房子里，关上大厅所有的灯，在唯有月光铺就的楼梯上步伐缓慢地一步一步走进书房。

不出十分钟，白玺童被门卫绑着进来，她大呼小叫的，却没有人听到这声响出门来看她。想留在这栋房子里，第一个要学会的本事就是装聋作哑。

白玺童被丢在地上，她不相信沈先礼会用这样粗暴的手段对待下人，明明大家都说他温润如玉，这中间一定有什么误会。

她认定是门卫的问题，当着沈先礼的面大声辩解："放开我，放开我！是沈先生准许我出去的。"

而门卫把人送到便告退了，房间里只剩沈先礼和白玺童两个人，白玺童一边挣扎一边央求着沈先礼："哪怕扣我工资也行，沈先生求你了，放我去吧。"

沈先礼走到她面前蹲下，视线与她水平，没有帮她解开的意思，他的冰冷与她的吵闹形成强烈对比，当白玺童感觉到阵阵寒意的时候，终于闭上了嘴巴。

沈先礼这才说话："看来你还不知道你的工作是什么吧？"

"不就是打扫卫生吗？"

"是全天二十四小时，一周七天，三百六十五天全年无休，不得擅自离岗。"

"但我跟你请假了啊，哪怕是工作日员工也有请假的权利吧。"

"但你的工作，就是待在这栋房子里，一步都不可以出去。你愿意去当用人也好，你喜欢去当园丁也罢，哪怕你就是如行尸走肉一样每天待在你的房间里，也必须留在这。"

"可是，为，为什么啊？"

"白玺童，这世界上你理解不了的事情还少吗？"

白玺童不敢相信自己的耳朵，她并非美若天仙，也没有才智过人，沈先礼把她留在这里的意义让她实在揣摩不明，但她搞懂了一件事，她即将面对的是为期三年的有期徒刑。

事已至此她唯有认命，这是她自己选择的路，已再不能回头。她踉跄起身，说道："我知道了。"

可沈先礼没有打算就此收手，白天他所受到的耻辱，他打定主意要加倍报复到白玺童身上，为此他甚至连梁卓姿的约都提前离席，为的就是以牙还牙。

他不由分说一把抱起白玺童，把她扛在肩上，走向她的房间。这猝不及防的举动让白玺童噤若寒蝉，她恐惧地拼尽全力打着沈先礼的背，但无济于事，她还是被他甩在床上。

然后，他向她扑去，重重地压在她娇小的身躯上。她挣扎，试图用被捆绑住的手制止住他，但这根本就是徒劳，她被他反手控制住胳膊，牢牢地被他扣着定在床头。

屋子里此起彼伏的声音，白玺童的膝盖在地板上被磨破，像是被盖上了印章，无情地虐杀着她的美梦。

手机再次响起，沈先礼一把夺过，顺手一摔，不料砸在梳妆台，镜子应声碎了满地。

月光照进来，碎片一反光，屋子里像是聚光灯下的舞台，而他们是全情投入的演员。

他挥汗如雨，伏在她的背上，被汗水浸湿了的头发磨蹭着她，可她早已泪流满面。

事后，白玺童自己被留在地上，白莹莹地躺在碎片之中，看着镜子里空洞无神又面泛红晕的自己。

被沈先礼摔坏的手机和她一起被扔在地上，她看着屏幕都被整个摔掉下来，里面的线路板暴露在世人面前，就像她一样还不习惯这样赤裸裸地面对世界，就露了怯。

她伸出指尖轻轻按了一下不再正常运行的按键。

如果能重启多好，如果刚才能早一点决定离开这里多好。

如果时间能回到那天的芝士火锅店和他相依偎在一起多好。

如果当时她信了他工作了就能养活自己远走高飞多好。

如果，她不是白玺童，该有多好。

她喃喃地问沈先礼："为什么要这样对我？"

他自顾自地躺在床上，半天没有说话，当她以为他已经睡着的时候，他不带任何感情地对她说："这都是拜你父亲所赐。"

白玺童痴痴地笑了，是啊，她终究逃不出白勇的魔爪，如果不是他，自己怎会进来这里。

人人道他是谦谦君子，纵使名门贵胄的千金们都爱他，他也总能处处留情又恰如其分，对每个人都不偏不倚，让她们都以为自己有机可乘，能坐上沈夫人的宝座。

他看似是那样的谦和礼让，但这全部都是他的面具。

没人知晓，在夜深人静的时候，他摘掉那虚伪的假面竟是如此狠绝。他要把白天积攒的怒气与情绪全部发泄出来，可能连他自己都不知道，哪一面才是真正的他。

这是他期盼已久的，大仇得报的畅快。

早上她醒来时，已经在床上，枕边空无一人。沈先礼什么时候离开的她没察觉，如果不是地上那些碎片犹在，她宁可欺骗自己昨晚只是一场噩梦。

她的肌肉酸疼，四肢像是木偶被人硬生生地安装在自己身上一样，不听使唤，痛感却能直达大脑。

她第一次遭受这种疼痛，跟白勇的暴力不一样。先前的家暴，她就像习武之人练习拳法的木头人，疼的只是皮肤和骨头。伤了，擦了药过几天就没事了。

但这一次却完全刷新了她对疼痛的认知，原来还有一种疼法，是撕心裂肺五脏俱焚，是让她坐立不安从内而外的灼烧感。

当白玺童天真地以为自己终于从地狱中走出来，没想到不出一天，就从假想天堂里被流放。此后她要面对的，是比白勇更可怕的野兽，更何况这一次她既不能逃，也不能反抗。

她多希望这只是沈先礼失心疯的一个晚上，她在这里可以有梦寐以求的安稳人生。

但她知道，这只是刚刚开始。

白玺童最开心的，是洛天凡来沈宅。

自情人节那夜，她猜得到女佣们在背后会议论她什么，祝小愿隔三岔五还会来跟她聊天，但说起的全是其他人对她的奚落。她不敢抬头看祝小愿，她觉得虽然她的语气轻巧，但她的眼神里却好似藏着刀子。

只有洛天凡，还是一如往常和颜悦色地对她。

这样暗无天日的生活，让她憋得喘不过气来，她与世隔绝，不知外面是何年月。

幸好洛天凡每次来，都会带些她喜欢的点心和小玩意，她吃起来比山珍海味还香，她常吃着吃着就掉起眼泪来。

今天洛天凡比平时来得更早一点，带来一张好听的唱片给白玺童。他们听着老唱片里浑厚的低音，白玺童却抽泣起来。

他又何尝不知道她为什么哭，虽然他不住在这里，但这栋别墅但凡有任何风吹草动都逃不过他。

不等白玺童开口，他仰面倒在沙发靠背上，手捂着眼睛，一字一句地说："对不起，我救不了你。"

然后他又靠近了一点，继续说道："但，如果你有什么需要的，尽管跟我开口。"

白玺童最后一个希望被打碎，她本以为，也许洛天凡会大发慈悲帮助自己逃出去，但她忘了就连他本人也是听命于沈先礼。她沮丧地摇着头，收起毫无用处的眼泪，在心里说服自己不要再痴心妄想了。

她回想自己怎么一路成为沈家的金丝雀，然后如梦初醒，问洛天凡："如果你救不了我，能不能去救我姐姐？"

还不等洛天凡做出反应，她咚咚咚跑上楼取来当初白勇签过字的保证书，她一直随身携带，视它为她们两姐妹的免死金牌。

她把保证书递给洛天凡，说道："你见过白勇，就是我的养父，我还有一个姐姐叫白乐萍，当初他答应我给我们自由。你能不能帮我去看看我姐姐现在情况怎么样，他有没有放她走？"

洛天凡答应白玺童一定去调查清楚。

傍晚时分，他打来电话，告诉白玺童白乐萍的下落。

白玺童离开家之后不出一周，白乐萍就康复了，她依然回到白勇的家中，和往常一样过日子。但洛天凡派去的探子汇报说，白乐萍此时的小腹已微微隆起。

"你姐姐说，男友在得知她怀孕的消息时，就仓皇而逃。既然无论如何也得不到珍惜，在哪里又有什么区别，她不走了。"

白玺童挂了电话，对着空旷的院子大喊，疯了一样撕心裂肺地吼。

她所做的努力都是为了她们的自由，以为至少这样的牺牲会换来另一个人的幸福，然而事与愿违，最怕人们已经习惯了苦难，放弃了求生的意志，麻木地任人宰割。

Part 2 ......

白玺童呆若木鸡地坐在房间的窗下一整晚没睡，天上明月高悬，到太阳升起。

迟来的春天还没有眷顾H市，一夜的冷风灌得她满怀。她只穿着那件单薄的睡衣，不知冷暖。

当她听说白乐萍并没有离开白勇的时候，她气急败坏，冷静之后又像是被抽走主心骨一般。

她到底还是太年轻了，一时间想逞英雄，却搞不清到底有没有人需要自己去拯救。

也是啊，她连自己都没管好，凭什么觉得自己有能力去拯救另一个生命。

人世间人畜有道，每个人其实都在走自己选择的路。

所以事到如今，白玺童后悔了。

她在想，如果她没有草率地签下契约，是不是就能躲过这劫难。或许当她有足够的能力了，就能逃离那个家。又或许司远森毕业了就能带她一起走了。

司远森。

她一想到这个名字就觉得心疼，她嘲笑自己，她根本就不配对他幻想什么。那个少年曾把自己最真挚的爱献给她，她没有珍惜。

她含着泪想，自己配不上司远森，还好一切都结束了，他的人生并没有被她所牵连，祝愿他以后遇到的所有姑娘，都对他真心实意，最好都比自己能更好地温暖他。

......

想必任谁这样对着冷风胡思乱想一整晚身体也会吃不消，白玺童病了，虽然不至于是什么要命的病，但重感冒也足以让她昏睡几天。

沈先礼已经三天没回家，用人们也没人知道他去了哪里，也许是沈家老宅，也许是哪一个女人的怀抱吧。

大家都不拿她当回事，刘碧云只是每天照例来看她一眼，确认还活着，转身也不再关心。好在祝小愿找来感冒药，熬点稀粥端给她，让她的病情不至于恶化。

她每天都昏昏欲睡，有时甚至分不清是醒着还是在梦里。由于打喷嚏流眼泪，她的眼里也总是湿湿的，让她有时看不清眼前的东西。

一天晚上，她觉得好难受，阵阵头痛像是有一双手在绞拧着她的脑神经，她感觉反胃，想吐却吐不出来。

她想下床去，一起身，隐约中看到纯白的床单上满是殷红的血迹。她第一反应是祸不单行，怎么明明只是感冒，现在连大姨妈也提前跑出来瞎捣乱。

不等她把新床单换好，她就连人带被倒在地上，腹痛难忍。她被白色被单缠裹着，像是木乃伊。

这是要死了吗？死了也好，反正在半年前如果不是沈先礼，她本就该丧命于江水里，如果那时真的死了该多好，总好过现在。

她在等自己合眼断气那一刻，但恍惚中她看到一个男人把她抱起，再后来她就不清醒了，只是在半睡半醒间道："我反悔了，你放我走。"

沈先礼皱着眉抚着她的额头说："现在还不是时候。"

白玺童再次睁眼，已经是在医院单人病房。纯白色简约的天花板在阳光的照射下好耀眼，一旁鹅黄色的窗帘安安静静地垂坠着，她一扭头就能看见楼下熙熙攘攘的人群。

即使耳边是"嘀嘀嘀"的输液声，在她听来也是那么悦耳。

她终于出来了。

几个月来的禁足，她一步都没有离开过那栋山顶别墅，医院里的一切都让她那么熟悉又新鲜。她心想，如果能一直待在这不回去，那她宁愿一直病下去。

巡逻的护士随便往病房走来，就看见她正要下床，赶忙跑进来。

叮嘱她说："白小姐，您这刚醒怎么就下床。您这刚做了人流手术，可得小心啊，这小产跟生孩子坐月子一样可得小心静养呢。"

人流手术？

这都哪跟哪啊，她什么时候做的手术，又什么时候有的孩子？她不是只是得了一场重感冒吗？

她抓住护士正在整理床铺的手，假装镇定地问："那，孩子没保住？"

"对不起我们尽力了，您想开点，毕竟您还这么年轻，您还有的是机会。"

善良的小护士怕白玺童刚刚经历丧子之痛难以承受，便用手反过来握住她的手劝她："才一个半月，正是胎像不稳的时候，唉，您怎么能那么不小心误吃了堕胎药呢。"

意识到自己说错话了，小护士赶忙又道歉："对不起对不起，我说错话了，我就是替您惋惜，好好的一胎，说没就没了。"

小护士走了，留下白玺童摸着肚子出神，这里曾经有过一个小生命。

她曾当过妈妈？

"想生吗，现在努努力还可以再补一个。"沈先礼玩世不恭地靠在门框上，松了松领带，向白玺童递着眼神。

她见到他，莫名地就觉得紧张，扯了扯被子，赶快找哪里是呼叫护士的按钮。

沈先礼走过来仰在看护椅子上，抬腿就把脚放在病床上，"你怕什么呢，在这我还能把你怎么着。"

"你怎么来了？"

"我怎么不能来？"他定睛看着白玺童，收起一副无所谓的样子，一字一句地指着她的小腹说，"我来给我的孩子哭丧。"

毫无疑问他是孩子的父亲，除了他还有谁，但为什么他说这话的时候，白玺童看不出他有一点的难过，都说虎毒不食子，他不在乎吗？

尽管如此，白玺童还是要问个明白："我曾有过一个孩子吗？"

"你自己吃的堕胎药你不知道？"

"我都不知道我自己怀孕了，怎么会吃堕胎药呢？我只是，只是吃了感冒药啊。"

白玺童一头雾水，不明真相，她只是吃了感冒药，为什么每个人都在说这是她误服下堕胎药导致。

这时她想起在她生病期间，全是祝小愿在喂她吃药，于是她求沈先礼把祝小愿带来，至少让她弄个明白。

沈先礼起身离开，到门口时背对着她说，"没了就没了啊，你别寻死觅活的。"

"我才不会，你以为我想给你生孩子吗，让我知道了我也会打掉他。"白玺童嘴硬地说。

"那就好。"

然而在沈先礼走出病房一刹那，白玺童还是颓了下来，她不知道一个孩子的意义是什么，可即便对沈先礼没感情，但那确确实实是这么久以来唯一一个与自己有血缘关系的人。

还没见面，却已经去了。

是谁要害我？

祝小愿来了。

带着一个水果篮子，不是很精致，一看就知道是随手在医院门口买的。不过白玺童不在意，毕竟不管怎么说，她是唯一一个来探望自己的朋友。

祝小愿不知白玺童要问她什么事，以为只是要她来陪着。于是和往常一样说说笑笑，还当白玺童也只以为是普通感冒。她讲着刘碧云的趣事，说着洛天凡出差的近况，女佣们的钩心斗角，等等。

她还殷切地问白玺童要不要吃梨，拿起水果刀就熟练地在一旁削皮。

直到白玺童问道："那片堕胎药，是你给我吃的吧？"

祝小愿一听事情败露，吓得手里的水果刀滚在地上，她慌乱站起身，手指正巧碰到刀刃，划破了皮，但她现在根本没心管这点小伤。

她酝酿了几秒钟情绪，再一抬头已经哭得像一个泪人。

"白小姐，您别怪我，我也是奉命行事，我不想的，我真的不想的。但少爷他威胁我，说如果我不给你吃堕胎药，他也会带你去把孩子打掉。我还会受牵连，他会把我扫地出门的。"

祝小愿哭得梨花带雨，委屈地求饶。

"是我不好，是我不好，但我真的好怕。我好不容易能在沈家做工，我不能没了这份工作啊。我是不得已的，更何况您这个情况怎么生下少爷的孩子呢，少爷是肯定不会允许的。到头来还是你一个人吃苦啊，我真的也是为了你好。"

白玺童被她说服了，她实在想不通这个无冤无仇的人为什么会害自己。

试探地问："你是说，是沈先礼要杀死自己的孩子？"

"您千万别告诉少爷是我说的啊，不然我就完了，少爷不会放过我的。"

祝小愿见成功转移了白玺童的注意力，就平静下来。

"我有一次打扫你的房间，刚好碰见少爷，他问我有没有留意到你的月信，我这才发觉距离月信时间已经迟了半个月了。然后不几天你就患重感冒，少爷便把我叫了去，让我喂下你吃堕胎药，说这个孩子留不得。不然梁小姐那边……没法交代。"

梁小姐？这个梁卓姿究竟是何方神圣，竟然让沈先礼亲手杀了自己的骨肉也不能坏了他的好事。白玺童并不是吃醋，只是她实在不懂沈先礼究竟是不是人。

她没再说什么，祝小愿待一会也就回去了。她气不过，给沈先礼发信息：要怎样你才肯放过我？

沈先礼怎么会是这种人？

想不到他为了一己私欲竟然会对自己的孩子痛下杀手。

她即便明白于情于理他都不会允许这个孩子生下来，她亦没有为他生下一男半女的打算。她岂会不知自己在沈先礼心里有几斤几两。

只是当她看到他脸上没有一丝难过的神情，能对人这样无情地下命令，真是如无底深渊，让她苦海难逃。

而她不知道这时的祝小愿站在门外奸计得逞地勾勒出一个笑容，噩梦才刚刚开始。

Part 3 ......

对白玺童来说，自己唯一的家人就是白乐萍。虽然她们之间没有血缘关系，但二十年的朝夕相处里，只有她给过自己片刻的关心。

在她出走的这段时间，最想念最惦记的无外乎白乐萍一个人。自从上次从洛叔那里听到白乐萍依然没有离开白勇后，白玺童当下最要紧的就去找到姐姐，劝她别犯傻。

但沈先礼早就布下了天罗地网，哪会给她逃出去的机会，病房在最高的12层，白玺童想用电视剧里的办法接床单爬下去都不可能。

直到有一次在她复查的时候，竟发现自己的妇产科医生桌案上摆着白乐萍的病历单。白乐萍竟然和她在同一家医院。

433病房门口，白玺童深吸一口气，为了久违的重逢忐忑不安。

她摸准了白勇不在的夜里，自顾自排练了好几遍，但一想到马上就能看到姐姐，还是忍不住热泪盈眶。她下定决心，一定要说服姐姐哪怕一个人带着孩子讨生活也好过留在那个家。

这是一间四人公用的大病房，黑灯瞎火的，大家都睡了。

白玺童借着手机光一张一张脸找白乐萍，一下想起孤零零自己在这里没有家属陪伴的，一定就是白乐萍。

紧接着她就在这其中找到了白乐萍，躺在床边，一只手又把着新生儿床，宝宝一有风吹草动好马上醒过来。

白玺童看着宝宝的时候，宝宝也正好醒了，刚刚睁开的眼睛因为还不习惯这世间的光线而微微眯着，却看着看着笑了起来。

白玺童站在一旁看得入神，很久没有这样笑过了，即便这个孩子本不该来到世上，即便他又是一个得不到父爱的孩子，但在白玺童看来他却是自己的外甥。

她把脸凑得更近了些，宝宝笑出声来，白乐萍闻声拍了拍宝宝，笑着念叨着"你这小猴子，什么事这么开心？"

可她摸到了白玺童的手，吓得马上大喊起来："谁！是谁！"

白乐萍的尖叫一下吵醒了睡梦中的其他人，以为是偷孩子的，黑暗中好几个人就赶快制伏了她，她刚做完人流的身体那经得住这样的对待，惊慌之中，她赶忙表明身份。

对白乐萍说："姐，是我，童童啊。"

白乐萍把她带出病房，面对面站在走廊里，白玺童清楚地看到白乐萍脸的时候，眼睛湿润了。

"姐……"

"你来干什么？"

白玺童千言万语，刚叫了一声姐，就被白乐萍打断了。她不知道该怎么回答这句"你来干什么"，她一下子好像是进错片场的演员，是打错电话的骚扰者。

那话里的意思如泰山压顶般重重砸过来，是——你不该来。

对于白玺童的去向白乐萍无从知晓，只是那天她从医院回家后听到白勇说，她离家出走去过新生活，而对于让他放了白乐萍的事只字未提。

白乐萍心有万千不舍，但一想到白玺童终于逃离了这里也为她感到高兴。如果她能幸福，那白乐萍宁可一辈子都不见她。

白乐萍知道白玺童会千方百计地回来救自己，可她也只是一个手无寸铁的女孩子啊。不能让自己的存在成为她的拖累，更何况现在有了孩子，她需要一个家让她们娘俩栖身，哪怕这个家并不温暖。

不就是挨打吗，外面世界的残暴谁说会不如这里，就算白勇再怎么凶狠，二十几年，她也习惯了他所有的招法。

这辈子，就这么算了吧。

可白玺童，还有机会让人生重新洗牌。

所以白乐萍要斩断白玺童的念想，不留情面地说："你走了，就不该再回来。是你抛弃了我们，我的生死也不劳你费心了。"

"姐，你说什么啊？我明明和白勇说好了，他答应我拿了钱就去和你解除父女关系，你怎么还不离开。"

"走？去哪里？我和你不一样，我现在还有了孩子，我不能居无定所地生活。"

白乐萍低着头，眼睛盯着脚，脚尖在地上画圈，那么自然地说着话，就好像是在告诉白玺童她要回娘家一样正常。

"姐你怎么了，白勇是什么人，这些年他是怎么对我们的你都忘了吗？"

"可他毕竟养我们长大，你可以忘恩负义，我不能。"

白玺童哑口无言，她不知道是自己理解出了问题，还是姐姐表达出了问题，对于白勇难道不是躲都来不及吗？怎么现在从白乐萍嘴里说出来他反倒像一个施恩的养父？

她说："姐，你怎么这么傻，你清醒一点好不好！"

白玺童压抑着自己想要大喊的欲望，哀求着，劝告着，愤怒着，摇着白乐萍。

"童童，是你病了。"

"我没病！我清醒得很，别跟我说他对你很好，我不是别人，这二十年来我看在眼里他是多么凶神恶煞的混蛋！"

"童童你冷静点，别激动。以前的事我们不提了，我现在全身心都只想着孩子。真的，都好了。你就更好了，可以去过新生活。"

"我不好！我一点都不好。姐，你都不知道我过得是什么日子。他……"

白玺童扑到白乐萍怀里，像小时候被白勇打了之后就向白乐萍抱委屈一样，她使劲哭，眼泪鼻涕一大把。

她说："我逃跑，姐你跟我一起走吧，我们离开这里，我养你和宝宝。我出去打工，我什么活都能干。"

可白乐萍只是仓皇地笑了笑，最后一次摸了摸她的头，就说："童童啊，宝宝哭了，我得回去了，你好好的啊，照顾好自己。"

然后白乐萍头也不回地钻回病房，白玺童自己站在走廊，发现之前在打斗中，拖鞋都掉了。她光着脚站在这冰冷的瓷砖地上，却感到麻木。

远远地她看到沈先礼快步走过来，身影由小变大，她像是行迹败露的犯人，吓得只往后稍。却被他一把横抱起，脚下瞬间绝了那冰凉的地气。

"你放我下来。"白玺童挣扎着，一朝被蛇咬十年怕井绳，她现在一与沈先礼接触，就想起那些夜晚被粗鲁对待的经历。

"别动，我带你去一个地方。"

沈先礼到了医院发现白玺童不在病床上，把守在病房外的人也没有，他就知道一定是她偷偷溜了。打了一个电话询问医院外巡逻的，确定她还在这栋大楼里，总算松了一口气。

他一心想快点找到她，电梯都没坐，就这么一层层搜下来。

当他看到白玺童站在4层的走廊尽头，他就知道了她一定是来找白乐萍的。

他就料到会有这么一天，所以他早有安排。

此时白玺童坐在副驾驶，沈先礼开着车朝白勇的家飞驰而去，到地点后沈先礼从后备厢找来一双自己的备用运动鞋给她穿上，她就那么趿拉着他的大鞋下了车，站在熟悉的院子里。

沈先礼拽着她想上楼，她退缩要离开，两人就在车边拉拉扯扯着，最后她还是没拧得过他，害怕得死死抓着沈先礼的胳膊。

离开十个月，这是她第一次回来。

沈先礼连门都没敲，一脚就踹开了。白玺童在他身后被毫无准备的响动一惊，她心想真不愧是沈先礼，她还从来没见过谁敢这么对白勇的，上一个让白勇忌惮的还是洛天凡。

但屋子里空无一人，只有白玺童曾经亲手养的植物还在，但也枯萎了。

"怎么会这样？"

"你给白勇钱的第二天，他们就搬家了。这钱对他们来说可是一笔不小的数目，他们在东江区买了新房子，白勇拿剩下的钱在社区开了一家小饭店。"

沈先礼在房间内踱步，跟白玺童交代着这家人翻天覆地的变化。

"你的好姐姐刚才有没有邀请你回新家去坐坐？"

白玺童还在消化刚才的信息，但听到沈先礼这么问她的时候，她打肿脸充胖子说："有啊，我姐说让我辞职不干了，让我回家。"

沈先礼看着白玺童死鸭子嘴硬的样子觉得她可真是个二百五，自己都说了人家钱都花了，她还编这么没有技术含量的瞎话。

"得了吧我的白大小姐，还回家，你有家吗？"

"我姐不会不管我的，不会的。"白玺童强装坚定地说。

"白乐萍？她才不在乎你的死活呢。"

"怎么会？不会的，我们姐妹三人相依为命，两个姐姐都对我很好，还有我大姐，我大姐她……"

沈先礼走回白玺童面前，整个人挡在灯前，逆着光让他的影子好长好大，完完全全把白玺童盖住了，白玺童这才发现他居然这么高。

逆光中他居高临下看着白玺童，像是上帝在宣读着对她的审判："从来就没有你大姐这个人。"

"你根本就没有大姐，你只有一个姐姐就是白乐萍。她曾经不堪重负确实自杀过，但是当她被救起后，慢慢地接受了他是自己父亲的事实。"

沈先礼弓着腰，手扶着她的肩膀，看着她："你只是把她前后的转变臆想为两个人，是你从儿时起就得了轻度的主观幻想症。"

"你骗我，这不可能。我记得清清楚楚，我们是姐妹三人，别以为你一句话就能把我糊弄住，有没有那么一个大活人我会不知道？"

白玺童觉得沈先礼这番说辞真是太可笑了。

"那你说，你大姐叫什么名字？"

"她叫白，白……"

"白什么？"这时沈先礼从兜里拿出一张2004年写有名字的高中毕业手册，

推算年纪应该是大姐的，但上面却赫然在目印着白乐萍的照片，下面同样是"白乐萍"三个字。

"你大姐就是白乐萍。"

白玺童激动地把毕业手册撕得粉碎，这一定是什么地方搞错了，一定是沈先礼的阴谋，是他在耍手段要毁了自己。这不可能，这不可能……

沈先礼进一步说服她："你再想想，在你的记忆里，有没有你所谓的大姐跟白乐萍同时出现的场景？在你说的她活着的时候，她周围出现过白乐萍吗？"

没有，白玺童搜罗了所有的记忆。

无论是小时候她们一起丢沙包，一起玩过家家，总是两个人，她真切地回忆起一个画面。

她们因为两个人，没有多余人手当桩子抻皮筋，只好把它的另一端绑在门口的树根上，后来树被拔了，她们自那之后就再也没玩过跳皮筋。

她眼神涣散，抽动着嘴角，头疼得要命，叫喊着："不要逼我，不要逼我，啊啊啊啊……"

沈先礼把她搂在怀里，安抚着她，又拿出几张病历单，是白玺童的精神分析报告，上面写着：白玺童，女。患有轻度的主观幻想症。

白纸黑字的诊断书犹如判了她死刑，但她还在做最后挣扎。

"是你捏造的，我根本没有看过心理医生，也没看过精神科医生，你那么厉害当然想让人怎么写，就让人怎么写了。你今天写我是精神病，明天想写我是癌症也可以啊。"

"你记得在你做完人流手术后照顾你的护士吗？我怕你拒绝看心理医生，就安排她假扮成护士接近你，通过跟你假装聊天，来诊断了你的病情。"

沈先礼露出心疼的眼神看着白玺童，把她散在脸上的凌乱头发别到耳后，安慰她说："你不是精神病，只是轻度的主观幻想症，可以治愈的，我会给你请最好的医生。"

但白玺童还是不相信他，他说的一个字她都不信。沈先礼问她怎么才肯相信自己的话。

她说："你就是在挑拨离间，想断了我的后路。我没有病，我的姐姐白乐萍也不可能不在乎我，就在几个小时前她还关切地跟我在嘘寒问暖，除非你让她亲自告诉我。"

沈先礼拿出压死骆驼的最后一根稻草，手机里是白乐萍录的视频，她一字一句，没有一点含糊地对着镜头说："白玺童，你不要再回来祸害我们的家庭了。"

白玺童和沈先礼在空旷的房间里坐着，几个小时没有交流。

她需要静静。

如此活了二十年，怎么能一下子就接受自己有幻想症的事实，更何况这之外还让她看到了她宁可舍身也要救的姐姐竟对她没有半点情谊。

她记忆里温柔地爱护她的大姐根本就不曾存在过。

这接连的打击让她难以承受。

她一下子变得好没有安全感，不知道自己的记忆，不知道现在周围发生的事遇到的人，什么是真什么是假。

究竟哪些是她幻想出来的，哪些又是真实存在的？

天渐渐泛起鱼肚白的颜色，早上白玺童还要打针，沈先礼拉起她想要带她回医院，她却站在原地不动。

"告诉我，那我流产的事是不是真的，我到底有没有过一个孩子？"

白玺童需要一个人给她答案，她没有家了，好像也没有家人了，她只能想起自己刚刚失去的那个唯一可以确定是她的骨肉的孩子，究竟是不是也是假象。

提到孩子，沈先礼的眼睛暗了，声音也低了："我们曾有过一个孩子，就在几天前。"

白玺童好纠结，她既希望沈先礼告诉她这个孩子曾出现在她的生命里，哪怕他在时她一无所知。

但她往后的日子里一想到自己孑然一身苟活一世，还能追忆一下这短暂的生命的交集，这是她仅有的不孤单的日子。

但她在听到沈先礼告诉她这些时，又突然感到心里一沉，丧子之痛像洪水猛兽般向她袭来，原本就即将崩溃的情绪，又填了一份沉痛。

她的面部已经摆出了要哭的表情，却再也没有眼泪流下，她只是一下下地捶打着沈先礼。

有气无力地，魂不守舍地，悲痛欲绝地。

白玺童走出这栋住宅楼，是被沈先礼抱下去的，她跟跄得根本没办法好好支配自己的双腿。

老旧的楼道很狭窄，沈先礼怕邻居摆放在楼梯上的破自行车划到她，像端着一块和氏璧般小心翼翼。

他这样的体贴就像白玺童第二次遇到他时似的，每一个动作都轻如羽毛，生怕弄疼了她。

她曾不解为什么当初那么绅士的人后来会那样残暴，为什么在用人口中那么和善的人私下会心狠手辣。

难道连这些也是她想象出来的？

她在车上昏睡过去了，一夜未眠加上精神上的超负荷让她睡得那样沉。

车窗外春雷滚滚，毫无预兆的大雨倾盆而下，豆大的雨滴敲打在玻璃上，白玺童靠着那扇微有哈气的窗，每落一下雨滴，就像有人在试图叫醒她。

而她在梦里又梦到她有着慈爱的父母，她像平凡女孩那样享受着大学生活，选修着感兴趣的科目，放了学就和闺蜜去看电影。

在梦里她还有一个对她呵护备至宠爱有加的男朋友，她唤他"远森"，却是沈先礼的脸。

后来她在梦里惊醒，发现一切都只是一场梦，她在浅梦中回到之前那个悲惨的身世，也回忆起失去的那个孩子。

她说着梦话，可连梦话的语气都那么无助。

车停稳，白玺童才好似醒过来，沈先礼帮她解开安全带，当他凑到自己身边时，她冷不丁地说："告诉我，那到底是不是你派人杀了我们的孩子？"

沈先礼一怔，他在路上听到她说，只以为是梦话，还在庆幸幸好是梦话，不然自己真不知道怎么回答。

但她到底还是问了，这是她心中的一块大石，不落地，就会悬在半空，在有意识或无意识下，在醒着或梦里，她都想知道。

"我告诉你什么样的答案，你心里才会好过点。"

沈先礼重新在自己的座位上坐好，车即便已经熄了火，他还是握着方向盘，像是这样能缓和他内心的紧张一般。

"告诉我，你想听什么答案？"

"我想知道真相。"

"我不想让你再受伤害了，这一晚上的真相已经让你超负荷了。改天再说，我怕你受不住。"

"我现在就要知道，我怕什么，你忘了吗，我曾跳过江，我连死都不怕了。"

"堕胎药是你自己吃下的，当时你的状态很不好。"

沈先礼揉着太阳穴尽量把这件事简单地讲给白玺童听。

可白玺童却一个字都不信，就算她真的患有幻想症，但在任何情况下，她都不可能如此草率地就抛弃自己的亲人，何况还是她人生中第一个孩子。

她从牙缝里挤出三个字："你、撒、谎。"

当初白玺童让他叫来祝小愿的时候，她有过怀疑，祝小愿说是受沈先礼的指使才喂她吃下的堕胎药。

而这一段见面她早有准备，本打算之后用法律的手段来惩治凶手，所以为了后面当成证据，她录下了对话。

那句"是少爷让我喂你吃了堕胎药，说这个孩子留不得。"她听了不下一百遍，绝对不可能是她听错或是幻想。

他们以为她有病就可以抵赖掉所有罪行吗？她会查个水落石出，绝不会轻易放过他。

白玺童回病房打针去了，沈先礼把她送上楼后就开车回到山顶别墅。

在这里洛天凡已等候多时，确定书房没有其他人，沈先礼开口："事情办得怎么样了？"

"白昆山现在人在缅甸，正忙着跟哈桑争地盘，顾不得我们这边，现在正是咱们动手的好时机。"

洛天凡消失的这段日子就是动身去了缅甸，在白昆山的手下安插了眼线。

"这场大战中，两虎必有一伤，我已经与哈桑碰了头，一有消息就会送去给他。"

洛天凡办事一向稳妥，沈先礼可以委以重任的也就只有他。

但这个提议太过冒险，稍有差池，别说他沈先礼，恐怕连沈家四代积攒下来的家业都会在一夜间土崩瓦解。

白昆山，是万万不能小看的人物。

"容我再想想吧。"沈先礼闭起眼，他为了布昨晚的局已经筋疲力尽，实在无法思考更棘手的大事。

他想起白玺童，又叮嘱洛天凡："明天她出院，你去看看吧。"

洛天凡应下，也并没有多问出了什么事，反倒说："宋医生那边照旧？"

"加大剂量。"

Part 4 ......

白玺童出院那天是洛天凡来接的她。

虽然只住了一周的时间，临走还是有些恋恋不舍，车启动，白玺童望了眼自己病房的窗，又找了找白乐萍。

不知道她还在不在，不知道何时再能见到她，不知道她究竟还是不是那个姐姐。

白玺童闭上眼，这几天她经历得太多，不管前路是妖魔鬼怪是生死未卜，她现在只想静静地什么也不想，就算是要她死，她只求死得痛快。

洛天凡坐在她身边，细心地把早就准备好的毯子盖在她腿上，说道："如果我在就好了。"

但心里想的却是："这可能是对你最好的选择。"

红灯的时候有一个人过马路，路过洛天凡黑色的迈巴赫车的时候突然怔住了，神色紧张地企图通过逆光的挡风玻璃看清楚后座人的脸。

变灯时他也一动不动挡在车前，后面的车已经不耐烦地疯狂地按起喇叭，一时间半条街都充斥着"嘀嘀嘀"声。

白玺童被这车鸣声叫醒，睁开眼睛随口问了句："怎么了？"

但这一刻当她的目光跟着刚下车的行踪看到挡路人时，却呆若木鸡。

司机推搡着他，但他依然没有要走的意思，与她隔着挡风玻璃四目相对时他百感交集。

说不上是重逢的喜悦，还是出乎意料的震惊，抑或是一锤定音的失望。

而她赶紧躲在车座背后，把头埋在膝盖上，她不想让他看到她，这世间最想又最不想遇到的人就是他。

司远森。

司远森摆脱了司机，跑到白玺童一侧的车窗旁，从一开始轻轻地敲着玻璃，到越来越用力，他几近疯狂地拉着车门把手。

但白玺童就是不抬头，他只看到她的头发散落着，那样熟悉，他甚至都能记起她惯用的洗发水的香味。

司机不再想理他，上了车踩一脚油门就把司远森甩在后面。

由于车子突然地开动，他失去了原本重心的着力点，重重地栽在地上。

后面的车若不是一直看着前面这出闹剧，一个不留神恐怕就要把他碾过去了。

那人降下车窗正要骂他，但他已经奔跑着在追赶迈巴赫了。

白玺童从倒车镜看着司远森一点点变小的身影，他一直跑一直跑，不顾车辆和交通灯，即便车已经越来越远，但却没有半点停下来的意思。

她改变主意了，央求洛天凡让她下车，她说她只是下车去跟他说两句话就会回来。

但洛天凡既不说行，也不说不行。只是安抚着拍着她的背，并未领到授意的司机照旧前行。

白玺童见他没有停车的打算，一不做二不休打开车门。于是飞驰的车，不得不紧急刹车。

她下了车，朝着司远森的方向奔去。

车上司机问："追吗？"

洛天凡缓慢地摇了两下头，吩咐司机回沈宅山顶别墅。

当司远森再次看到白玺童的时候，他不顾一切拥她入怀。

林荫小路两旁的柳树飘起棉絮，风里面有了些许暖意。

"大胖儿，你换洗发水了。"

司远森拉着白玺童一直跑，刚刚追赶车体力已经消耗殆尽，但他并没有减缓步速，咬着牙在坚持。

他怕她再被抓走，不管她是为什么消失，为什么出现在豪车里，他不在乎。只当她是失而复得的宝贝，很怕再被抢走。

当他们绕了半天，终于在一处隐蔽的居民楼间停下来，两人已经累得喘不过气来，相依着瘫坐在小区院子的长椅上。

他们大口吸气，怔怔地看着彼此，流着泪笑了。

白玺童不说，司远森也不问，他们像再平常不过的逃课出来逛那样，享受这片刻安宁的午后。

和他在一起不需要风景，不需要美食，只要他在就是最好的世界。

"事务所跟我签合同了，我有工作了，我可以养我的大胖儿了。虽然刚上班钱不是很多，但我都打听好了，加班可以领到双倍工资，节假日不休息还可以多拿，绩效奖金我也会争取。七七八八算下来也差不多两倍工资呢，我们有钱了。"

白玺童听着司远森讲着这些，她多希望这些话是半年前说的，是在图书馆和今天一样的午后。

她跟司远森说"我们走吧"的时候，能听到这些。

司远森看不出她眼神里的内容，只想尽力地给她描述美好的未来。

"我们大概只能先租一个小一点的房子，不过我会收拾得很干净很温馨的，可能也不能再经常出去吃了，但我买了本烹饪书，你不在的这些时间我一直在学习……"

说着他试图从包里翻出那本随身携带的菜谱，但说到"你不在的这些时间"的字眼的时候，停了几秒，然后赶紧调整好状态，怕白玺童看出他的异样。

他拿出书翻到提前已经折好的页，指给白玺童说："你看，有你喜欢的松鼠鳜鱼，还有茄汁大虾、糯米鸡、麻辣香锅……"

"远森……"白玺童制止住了司远森。

她知道自己早晚会被沈先礼找到，她必须抓紧时间跟司远森告别，这是她下车的原因。

在无数个夜里，她总是会想到这个男孩，想到自己欠他一个告别。

"我们分手吧，我配不上你。"白玺童像说着电影里官方的台词，却是她的心里话。

她从一开始就和司远森不是一个世界的人，何况现在，自己是残破不堪的，更配不上司远森的爱。

司远森并不听她的话，像是没听见一样，还在继续说着做菜的事情。

他不是傻到真的以为用这些佳肴就能让她改变心意，只是他抱有一丝幻想，假装听不到就可以当做什么都没发生。

"远森，我说真的，我们分手吧。你去过你的生活，你也会遇到更好的人，你会前程似锦，成家立业。"

白玺童挽着司远森的胳膊说："我们本来就不该在一起，我们的生活轨迹根本就不该有交集。你知道我的家世背景吗？我是被领养的，我的养父就是个人渣，我连自己的亲生父母是谁都不知道，我的家庭……很复杂。我不愿意你为了我去忍受所有人的闲话。"

这些事本是白玺童最怕让司远森知道的，她曾遮遮掩掩了这么久，但她今天必须自掘坟墓才能让司远森从他们悲惨的爱情里生还。

她说："我屎一样的人生，不能搞臭了你的未来。"

沈先礼其实早在白玺童从洛天凡的车里跑出来时，就已经根据在她身上安装的跟踪器在找她了。

待他赶到时，司远森正好跟白玺童说起自己的新工作。

他点燃了一支烟，在车里吞云吐雾。

想着自己从董事会上不管不顾几个亿的项目，却只是为了跑到这里听这对小情侣聊相声贯口似的报菜名，要是被别人知道了一定会大大地笑他一番。

任他怎么也想不到，自己为了白玺童居然会干这种听墙角的事，那么多女人哪个不是为了博他欢心使尽浑身解数，独独白玺童视他如天敌。

但他知道，让她恨自己，比爱好。

那句"我屎一样的人生，不能搞臭了你的未来"被她说出来的时候，他从未有过的感觉涌上心头。

在此之前他从没有心疼过谁，哪怕是自己对白玺童痛下毒手，也没有这句话的杀伤力大。

二十年来所经历的一切苦难吞噬着这个花季少女，他想要伸手去抱抱她，或是就算和司远森一样只是在她旁边也好。

但恐怕以他们的关系，永远不会有这样温馨的场面，如果她不是白家的人……

不知从什么时候开始，他总是想要注意她，每次不得已而为之的对她的那些欺负，到最后都成了双刃剑，伤了白玺童，也伤了自己的心，但他不得不如此，才能让自己清醒，他们之间本就是不共戴天的关系。他努力地控制自己对白玺童不断滋长的感情，它却像藤蔓般越长越高，慢慢地爬进他的心里。

沈先礼不忍听下去，于是降下车窗，当做什么事也没发生过那样，甚至还略带微笑对着十几米外的白玺童喊道："白小姐。"

刚听到沈先礼叫自己，白玺童吓得腾地一下站起来，他的声音就是灰姑娘十二点的钟声，一旦响起就意味着她的美梦结束。

在环顾四周后，她看到沈先礼在车里向她招手，她胆战心惊地撇下司远森，慌乱地拿起包，说："我要走了，什么都别问，以后我们也不会再见了。"

司远森不知道沈先礼的暴行，只以为这是一场男人之间的较量，他不管情敌有多么家财万贯，多么势力通天，他不信白玺童会因为这些而抛弃自己。

他尴尬地收起憧憬生活的面容，紧紧抓住白玺童的手腕，说："留下来，别跟他走。"

但白玺童知道自己不能久留了，她更担心沈先礼会对司远森做出什么举动。

于是她着急地吼着："你放手，放手啊！"

然后挣脱开司远森跑向沈先礼。

司远森呆坐在原地，看着白玺童钻进车里，像是掉进了黑洞，也许再也不会回来，再也不会重现往日的时光。

他们绝尘而去，司远森自己对着空气里白玺童留下的洗发水的芳香，假装她还在似的继续刚才的话题。

说到"我会努力赚钱，我们会买一户这样的房子，门口有一个小院，搭个木亭子，夏天在葡萄藤下乘凉，中秋在里面赏月。

"我们，我们还会养一只狗一只猫，狗叫大胖儿，猫叫小胖儿。

"我们还会有两个孩子，放假了就带他们去旅行，夜晚你哄着他们入睡，讲着故事唱着儿歌。

"留着他们的乳牙，拍着家庭录像记录着他们在幼儿园的文艺演出……"

司远森绝望地苦笑着说："这样的未来，你不要吗？"

Part 5 ......

这边一路上相视无话，当阔别了七天的山顶别墅重现在白玺童眼前时，她知道自己这个金丝雀到底还是飞回来了。

她想起不知道在哪里看到过这样一段话：

她不是笼子里的鸟。笼子里的鸟，开了笼，还会飞出来。她是绣在屏风上的鸟——悒郁的紫色缎子屏风上，织金云朵里的一只白鸟。年深月久了，羽毛暗了，霉了，给虫蛀了，死也还死在屏风上。

她隐约觉得，也许自己正是要死在这里。

白玺童走进房子的时候，用人们在干活，大家像没看见她一样自顾自忙着，她是这里尴尬的寄宿者，不是女主人，不是客人，不是下人，甚至可能都不算是人。

沈先礼并没有准备就这么放她回房间，在刚一上到二楼时，就把她拽进书房，她也不反抗，从她下车时起，就料想到会有怎样的惩罚。

她以为他会对她拳打脚踢，也想过会如往常般对她凌辱，但沈先礼的手段岂止仅限于那么简单粗暴的折磨，他要的从来就是诛人先诛心。

出乎意料的，沈先礼没有向她质问和司远森的关系。

他没什么情绪地走到桌子前，上面放着一个盒子。

被包装得很精美，罕见的黑亮色的包装纸将其包裹其中，用金色缎面香云纱系上丝带，在上面打成蝴蝶结的样子，于其上又点缀了几朵不知名的白花，静谧的华丽视觉感。

沈先礼把这个看似礼物的东西递给白玺童，白玺童按照他的旨意拆着礼物，她不知道里面是什么，更想不到沈先礼为什么会送礼物给自己。

这个残暴的喜怒无常的伪君子，这个无情杀死自己孩子的男人，居然会送礼物给自己，是她怎么也想不到的。

她在他的注视下拿掉上面的白花，解开丝带，然后一点点拆着包装，玻璃盒子露出一角，隐约能看到里面大朵大朵白色的接骨木永生花束。

白玺童收过司远森很多次鲜花，多是玫瑰或是百合之类的，眼前这么少见的花她甚至都叫不出名字。

她虽然搞不懂沈先礼这又是在玩什么花样，嘴上还是怯生生地说了声"谢谢"。

但沈先礼的眼神让她觉得不寒而栗，预示着事情没有那么简单。

黑色的包装纸像是葬礼上黑色的幕布，在她拉扯下从玻璃盒子上滑下来，接骨木白花丛之中赫然摆放着一块核桃大小的肉球。

一阵呕吐感直击味蕾，白玺童对着这块肉球禁不住地反胃。沈先礼从她手里接过玻璃盒子，手指错落地施力托着它。

白玺童看着被关在玻璃盒子里接骨木花间的自己的孩子，他还看不出人形，不过两个月大，连手脚都还没有长出来，更别说是性别了。

她面对这块肉球，没有足够的想象力对他表达出自己的母爱。

她只是觉得害怕。

她想要逃走，这个触目惊心的肉球是她未出世的孩子，她怕午夜梦回的时候，这个肉球会具象化地来找她，问她为什么没有保护好自己。

而她解释都不知道对着他哪里说话，她想吐，想把眼前的画面一股脑都吐出去。

茶几被她撞斜了，她发着抖躲在窗帘后，无助地发出嘤嘤声。

想起曾经白勇抓她时，她躲在小棚子里的场景，而今自己却无处可藏，沈先礼放下玻璃盒子，隔着窗纱抱着她。

她被迫在他怀里，脸被窗纱磨得好痛。她撕开窗纱，眼睛里布满红血丝，咬着牙紧紧攥着沈先礼的衣领，像是被惹怒的母狮子，要大开杀戒。

沈先礼不费吹灰之力掰开她的手，拍了拍衣领，让它回复平整。

"我以为你会想要见他一面的。"

可她怎么能亲眼看着自己死去的还没成型的孩子，她从未像现在这样放肆，狠狠地把整张窗纱都拽下来，原本支撑窗帘的木棍在她大力撕扯下应声落地，在它就要砸到他们时，沈先礼早一步把她从窗边拉起。

白玺童把手边能够到的东西一应摔在沈先礼身上，之前不管自己遭受怎么样的折磨她都不敢这样做。

但时至今日，她再也绷不住了。

既然他沈先礼说自己是精神病，那她就歇斯底里一回，以坐实神经病的罪名！

她向他掷过去的相框，尖锐的一角刚好砸到他的额头，划破皮肤，鲜血如得到释放，一下子流了出来。

她更觉得报复的快感，变本加厉统统扔向他。

"你为什么要这样对我，为什么要这样对他，他是一个生命啊，你不要他的时候，有问过我吗？这样的你有什么脸面觉得可以面对他！"

她骂的是沈先礼，却越说越觉得是自己的无能。

她跪在地上，此时的房间已经被她砸得如同废墟，空气中还飘着阳光下才看得到的绒毛，一定是粉尘迷了她的眼睛，酸疼涩辣。

茶几上那樽玻璃盒子完好无损地遗世而独立，她小心翼翼再次鼓足勇气捧起它抱着，自言自语，又像是在对这块与世隔绝孤零零的肉球在说话。

"不要怕，妈妈来陪你，不要怕，我的宝贝。"

白玺童抬起头，冷静地对沈先礼说："你杀了我吧。"

沈先礼额头上的血迹他擦都没擦一下，不多一会就已经凝固。

他踩过一地狼藉，从隐蔽处拿出一把左轮手枪，顶住白玺童的太阳穴，"我成全你。"

白玺童闭上眼，心脏扑通扑通地跳动着，抱着玻璃盒子的胳膊更加用力，为安抚自己。

在心里一直念着"妈妈来了，妈妈来了"。

就在白玺童听到沈先礼扣动扳机的声音后，太阳穴却被细细的强有力的冷水呲了一下。

沈先礼第一次笑得像个孩子，举着那把仿真手枪对着白玺童的脸喷个没完。

做足心理准备受死的白玺童，经他一闹更加生气，恨自己求生不得求死不能，在这里当落水狗被他捉弄。

任头发被他喷湿直落水滴，眼睛也被喷得模糊不清。

待沈先礼终于在她无动于衷中玩腻了，停下手，她才说："你真的一点都不伤心吗？"

玻璃盒子重新回到沈先礼手上，他歇在沙发上，不做言语。只有他知道他们的孩子现在身在何处，眼前这块肉球不过是从医院随便弄来的替代品罢了。

这个孩子大有用处。

他透过玻璃盒子看着白玺童惨白的脸，多想去摸摸她的头，告诉她一切都会过去。

白玺童说："你到底想怎么样？我跟你无冤无仇，你这样让我怀上孩子又不要他，你到底想干什么？"

"我想要你恨我。"

沈先礼放下玻璃盒子，认真告诉她，这是他的心声。

"那我现在已经足够恨你，我恨不得能扒了你的皮。"

白玺童说如此狠绝的话的时候，表情却是平静的，如果不知他们之间的爱恨情仇，旁观者甚至会以为她只是随口一说。

"你怎么样才肯放过我？"这是白玺童始终得不到答案的问题。

"会有那么一天，白小姐，保持期待。"

白玺童知道，她是无论如何也逃不掉的，她只好退而求其次，收起刚才冲动之下的骨气，软声下来跪求他。

"能不能看在他是你骨肉的份上，让这个孩子入土为安？"

沈先礼走到白玺童身后抱住她，头靠在她的锁骨窝，低沉着声音回答她："好，就埋在你窗下，你想他的时候就能看看他。"

这也许是她能为这命薄的孩子，唯一能做的事情。

而他心想，对不起，这孩子来得不是时候，又太是时候。

她感到累了，沉沉睡过去，大概一个小时后，才渐渐恢复意识。

见她醒来，倚在沙发另一角的沈先礼伸了个懒腰，就像什么都没有发生一样，如沐春风地吩咐她，"收拾收拾东西，我们晚上去露营。"

沈先礼小的时候特别喜欢野外探险，爸爸忙着生意，他就央求洛天凡，再带上他当时最好的朋友陶沐渊，三个人背着装备去山上。

有时会探寻一处不为人知的山洞，年纪尚小的他对未知的领域充满好奇，大着胆子在暗色的水流里前行，期待出其不意的东西。

有时也会从别处得来名为"藏宝图"的纸，为了找到莫须有的宝藏而自欺欺人地在山林里玩上一整天。

那样无忧无虑的日子一去不复返，曾经的朋友不知去向，洛天凡也在那件事后不再与自己亲近，他被迫提早告别童年，奔跑着成长，好真正意义上拯救沈氏集团。

他带着白玺童来到后山，这里地处山顶别墅的背面，是沈家私人领地。

他们一前一后，他拿着帐篷类的野外用具，她则抱着些厚衣服和食物，也不多问他为什么突发奇想来露营。她在他们的关系里，从来就只是听从。

沈先礼用了一个小时的时间安营扎寨，安顿好时天都黑了。

白玺童一整天都没好好吃一顿饭，从背包里拿出一袋饼干充饥，刚放进嘴里，手里的剩余饼干就被他夺取。

他挥手一撒扔得老远，说道："吃这干什么，我想到了更好的晚餐。"

说罢沈先礼一个电话就打到刘碧云那里，下令她在半小时内送来野味他们要烧烤。

果不其然，用人们三下五除二就布置好一只野鸡在烤架上，火从木架下面生起，火光照得他的脸红红的，像是她从未在他脸上看到的生气。

他们津津有味地吃着烤鸡，对于沈先礼来说是回忆，但白玺童可从来没享受过如此惬意的生活。

有那么一刹那她恍惚中把沈先礼当成了司远森。

于是她隔着火冲他笑了。

她笑得那样纯净，就像她的生命里没有经受过白勇，没有沈先礼，没有这么多污秽不堪的伤害。

她想如果现在是冬天就好了，她可以顺手团起一个雪球打向司远森。

就这样，她出神地比画出打雪仗的姿势，手刚一高高抬起做出投掷的样子，顺着假象中雪球掉落的地方，司远森的脸却变成了沈先礼。

沈先礼看着轻快活泼的白玺童出神，她这样的年纪正应该是这般无忧无虑，只怪她命不好，连笑都是奢侈。

没人发现当看到白玺童露出这样笑容的时候，他有多欣喜。而他的欣喜在白玺童认出是他的时候，随之一并消散。

她认错人了，他沈先礼居然会成为别人的替身。

他熄灭了火堆，又关掉了户外灯。

整片丛林就只有月光氤氲在他们周围。

刚一开始眼睛还不习惯这样的黑暗，但就像人会逐渐接受自己的境遇一样，这习惯了光明的眼睛也会慢慢习惯黑暗。

他们之间一句话都不说，沈先礼躺在白玺童身边，静静看着天空又不时地看表。她不知道他在等着什么，只觉得无所事事困意袭来。

这时，沈先礼指着天空大声喊"流星啊！"像个孩子一样好激动。

白玺童抬头看时，只看到流星的尾巴。而沈先礼竟然幼稚地在许愿。

她真是越来越看不懂他，心里想，该看精神科医生的人应该是你。

她才懒得问沈先礼许的什么愿，也并没有因为错过流星而感到遗憾。

反倒是沈先礼睁开眼就问她有没有许愿，看她摇头，就摆出一副好可惜的表情，说："真可惜，我本来还想问你许的什么愿，要是我能做到的话……"

到底还是道行太浅，白玺童还真的抱有一丝幻想地说："那我许愿了，我祈求你能放我走。"

沈先礼转过身面对着白玺童，手拄着头，对她挤眼睛："要是我能做到的话，一定不能让你梦想成真。"

白玺童悻悻地撇撇嘴，自己真是天真居然还做这种期望，难道忘了他是一个怎样的恶魔。

沈先礼见她这样小失望的表情很满意，扣上她衣服上的帽子，用胳膊肘压着她的头。他虽然阅女无数，但这样轻松地和女人相处，却从来没有。

他是情场老手，但是从来没有真正谈过一场恋爱。

原来情侣间的打情骂俏这么开心。

他转瞬想到司远森，那个白天从他手中抢走白玺童的少年，他们是不是曾经都是这样嬉笑逗闹的？

沈先礼瞬间醋意横生，假装很大力其实又很轻地勒着白玺童的脖子，"白天跟你腻腻歪歪报菜名的是谁啊？"

司远森那么浪漫的情话在他口中成了美感全无的相声选段，引来白玺童侧目。

她见沈先礼心情好，也大着胆子呛声两句，"我男朋友！"

"呦，老情人啊，那你怎么没跟她说你现在的男人是谁呢？"

白玺童红着脸应付着他的飞醋："你才不是我男人，你是猪狗不如，是拿水枪要毙了我的恶魔！"

"哈哈哈哈哈哈……"沈先礼想到白天戏弄她的小水枪就觉得是自己的神来之笔，回忆起她决然赴死的样子，忍不住调侃一番。

"你当时怕不怕？"

"你忘了我是死过一次的人吗？"

"当然没忘，我还是你救命恩人呢，你怎么谢我？"

"早知道被你救活也要过这样的日子，还不如当初淹死算了。"

"现在？你可别不承认，是你让我雇用你来这里当用人的。"

沈先礼翻旧账把罪名扣在白玺童头上，自己倒是撇得一干二净。他们一来二去的对话，那么日常，却因为是他们显得那么不寻常。

而后他们钻进帐篷，在睡袋里彼此取暖，因为野外寒冷，白玺童敌友不分地睡着后抱住沈先礼。她睡得安静，气息均匀。

如果今天不是四月十四，如果又不是恰好天降流星，如果自己不是孤身一人，沈先礼不会冒着风险对白玺童这么好。

一直以来他无数次地告诫自己，千万不能对她动感情。但在父亲遇害的忌日，在标志着沈氏集团被操控的这一天，他太需要一个人来帮自己挺过去。

可惜，他的身边只有她。

幸好，他身边的人是她。

第三章
山雨欲来风满楼

Part 1 ......

四月十四日沈先礼在山顶别墅附近露营，而他关掉的手机里有沈老太太十几通未接来电。

沈老太太独自住在祖宅，自从沈老爷去世后，沈先礼就搬出来自立门户，只有她每年过寿时才会回去看看，连春节都不回家。

沈老爷忌日，山顶别墅的用人们一概不知，她们都是沈先礼新找来的。但祖宅里却不同，人人皆知今天是什么日子，大气都不敢喘。

沈老太太一早就穿上素净的黑衣，一直戴在手上的那枚5.3克拉的宝蓝色钻石戒指也被取下。

她一年一次地喷上黑茉莉花味的香水，所有细节都一丝不苟，复刻着自己丈夫出殡那一天的样子。

她在摆有沈家祖宗牌位的灵堂跪下，这一跪就是一整个小时，这对于年近六旬的她是件艰难的事，但她数年如一日地这么做，不许别人打扰，不许干涉。

为此，外面传言沈老太太对沈老爷情比金坚，情深义重。

只有她自己心里清楚，她这么做不过是在销自己的孽账。

待家里的祭拜结束后，她照例动身前往墓地，去与几十年的枕边人重聚。

墓地人烟稀少，她一路驱车而上，在望山而生的一片墓园停车，这里便是沈家祖坟。

下人不可踏足于此，她仪态端庄，一步步走进墓园，然后在一块刻有丈夫名字"沈麓亭"的墓碑前站着。

这么多年来她从没有正眼仔细看墓碑上的字，甚至这几十年来她连地下埋着的那个人她都没好好看过。

她走形式般地在这里装装样子，不出十分钟就已经准备打道回府。

出了墓园遇到手执花束的洛天凡，他向她微微鞠躬，把花送到沈老爷墓前，也很快出来了。

沈老太太在车里等洛天凡，随后二人乘同一辆车离开。司机在半山腰的空地上停下车，二人下车走得远远的，背人而站。

"他怎么样了？"沈老太太摘下墨镜，庄重而又殷切地问洛天凡。

"一切都好，在缅甸的生意已经站稳脚跟。"他汇报着，识时务地又补上一句话，"会长还让我帮他带句话给您。"

"他说了什么？"

"别后相思空一水，重来回首已三生。"说这话的时候洛天凡原本低下的头微微抬高了一点点，用眼睛余光看着沈老太太的反应。

只见她如少女般娇羞，似笑非笑，又不好让洛天凡看到自己的神色，便刻意转过身倒吸了一口气。

洛天凡见她如此模样心下摇了摇头，天底下女人还真是三两句甜言蜜语就哄得团团转，更为自己信手拈来的话哑哑嘴。

"老夫人，少爷……"

"先礼他怎么了？"即便她对沈老爷并无感情，但说到底儿子是亲生的，听到沈先礼的事，沈老太太还是很关切的，"他生病了吗？"

"那倒没有，少爷身体健康，只是怕是要对会长有所行动。"

"那怎么办？"

"恐怕要劳您屈尊，去少爷的山顶别墅小住几月，确保会长在缅甸期间不会腹部受敌。"

三日后，沈老太太也没有跟沈先礼提前打个招呼，竟自带着随身衣物莅临山顶别墅。

她来时，沈先礼外出，只剩下一众用人在忙碌着。

洛天凡为了避嫌也并未跟从，大家定睛一看是照片上的沈老太太，初次见到沈氏集团垂帘听政的太后级人物，大家都慌了神。

有没见过的小女佣甚至第一反应是如清宫戏里一般下跪磕头，好在被颇有经验的刘碧云一把扶住，带着大家向沈老太太问好。

沈老太太气定神闲地走到客厅正中央，面对着用人宣布着："从今天起，我暂住这里，你们一切照旧。在少爷的房间楼层给我收拾出一间客房就好。"

刘碧云哪敢怠慢，低声下气地说："老夫人，哪敢让你住客房，我们三层还有一间主人卧室，我这就去给您整理出来，那间视野还好……"

沈老太太不说一字，只看了刘碧云一眼，她就明白她的意思了，赶忙道歉，说："是我多嘴了，我这就去少爷房间的二楼挑一间最好的屋子去。"

她一跑上台阶就猛地想起家里还有个白玺童呢，这要是让沈老太太见到了，哪还得了。

她推门进到白玺童房间时，看她正在睡觉。也不顾是不是吓她一跳，当前最要紧的是怎么躲过沈老太太那关。

刘碧云用三两句话讲明了楼下的情况，实在没辙，藏不好这个大活人，只能安排她："老夫人住这期间，你就继续做用人工作，跟着我们一起干活，我给你找了件女佣装，你快穿上。"

那一日相安无事，白玺童顺利混在用人里，躲开沈老太太的视线，跟着别人洗洗衣服，要么就是溜到庭院里浇浇花。

走到自己窗下那片花田时，她想着自己的孩子就埋在这，不觉又悲从中来。

华灯初上，在公司忙了一天的沈先礼疲惫地回到家中，一进门就看见沈老太太端坐在沙发上。

自父亲去世起这七年，她从未来过这山顶别墅，真不知这是什么东西南北风让这尊大佛移驾。

"妈，您怎么来了？"

"怎么，当妈的来看看儿子，不欢迎？"

"您说笑了，我哪敢。"

"你最近都忙什么呢，连个影都见不着。"

"瞧您说的，公司里遍布着您的眼线，您会不知道我在干什么？"

"什么眼线，我那是为你好，怕你年轻被人骗，英叔、孔叔他们都是咱们家的老臣，他们是不会害你的。"

"您说得都对。我记住了，天色也不早了，您回去早点休息。"

说着沈先礼就要送客，他可没有一点让这个位高权重的母亲留宿的打算。

但沈老太太起是起了身，却与他背道而驰，走到楼梯口，说："我打算在这住一段时间，跟我儿子享享久违了的天伦之乐。"

沈先礼有着良好的教养，在这样的豪门长大，他从不敢顶撞母亲。见沈老太太如此坚决，他一时也想不到办法，只好先答应下来，让用人们好好伺候着。

当他看到一身女佣装的白玺童畏首畏尾躲在墙角，差点笑出声来。他偷摸给了白玺童一个眼神，又在沈老太太背后朝白玺童比了比楼上，她就乖乖跑去沈先礼的书房了。

一顿貌合神离的晚饭过后，沈先礼称还有文件要处理，便率先离开。

白玺童听到脚步声越来越近，担心万一进来的是沈老夫人怎么办，于是便偷偷躲进桌子下面。沈先礼一开门，就看到桌子挡板下面的缝隙露着她的鞋。

真是个笨女人。

他故意不出声，让白玺童摸不清进来的是什么人。然后一屁股坐在椅子上，把蹲着的白玺童逼到他两腿中间。

她认出他的裤子，反抗着要钻出来，但被沈先礼武力镇压。就在她要硬挤时，响起的敲门声让她又缩了回去。

其实是祝小愿来送参茶给沈先礼，但他将计就计，跟祝小愿比画了一下"嘘"的手势，她就没敢出声。沈先礼自导自演地说："妈，您把参茶放这吧，等我忙完就喝。"

他想了想又说："我这屋子啊有只老鼠，我好一顿找，您猜怎么着，就在我桌子下面。"

他这一说，给白玺童吓坏了，这该不会要把自己供出去吧，她从见沈老太太第一眼就很是害怕。

于是她紧张地睁圆了眼睛不知所措，真像是等待凌迟的小老鼠，一动不敢动。

而她在沈先礼两腿间出着气，让沈先礼的身体起了反应。

他很享受这样猫抓老鼠的游戏，余光看着瑟缩着的白玺童，一边挥手让祝小愿退下。

祝小愿丈二和尚摸不着头脑，沈先礼这是在闹哪一出，直到她出门前看到桌子下白玺童的鞋，才反应过来。她出了门恨自己撞进这让人火大的浓情蜜意里。

而房间内，沈先礼还在演着刚才的剧目。

他对着空气假装对母亲说："妈，您见到我们这里有一个用人没有，个子小小的，白得像鬼似的。她啊叫白玺童，您可离她远点，她最笨了回头再冲撞到您就坏了。"

白玺童听着沈先礼这样说自己，气不过掐了沈先礼一下，沈先礼"哎哟"一声，装出一副腿要断了的样子，叫唤着："你这老鼠怎么掐人啊。"

白玺童听到这里终于看出来他的把戏，哪有什么沈老夫人，都是他在拿自己寻开心。她在桌子底下闷坏了，面对着他的某物蓬勃发展，知道他心里一肚子坏水。

知道房间里没别人，她说什么也要出来。

他们一个挣扎着要从桌子底下钻出来，一个坐在椅子上按着她的头不让出来，这一闹起来的声响就让他们没听到开门声。

这回，来人却是真正的沈老太太，她本想来看看儿子，顺便能不能顺手牵羊拿什么资料。

谁知一开门，竟看到这样的场景，一个妙龄女孩从沈先礼的腿间钻出，这怎么让她不想入非非。

她疾言道："你们在干什么！"

白玺童涨红了脸忐忑地站在一旁，沈老太太也并没有多问。

像沈先礼这样的公子哥儿有几个这样的用人企图上位也是司空见惯的，只要不影响儿子的声誉，小打小闹她也就睁一只眼闭一只眼了。

毕竟她来山顶别墅的任务不过是阻止沈先礼的行动。

但即便如此，白玺童留给沈老太太的第一印象也是非常糟糕，以至于后来几天没少给她脸色看。

Part 2 ......

但沈先礼却不以为意，沈老太太的驾临没有影响到他的好心情。

事实是自从四月十四日起，这几天来他都喜上眉梢。别人可能不知道，但白玺童深知平日里沈先礼是多么的阴沉，这几日着实反常。

直觉告诉她，他一定有什么事情发生。

其实沈先礼也绝非喜形于色的人，只是他对白玺童的态度实在是大受另一段关系的影响。

他也是身不由己。

那天早上沈先礼慢条斯理地享用着早餐，多日来似乎他都很清闲，不怎么去公司，只在书房看看书，偶尔在庭院里坐坐。

但打破一切平静的是洛天凡的造访。

白玺童其实并非有意偷听，只是碰巧书房的门虚掩着，她路过却听到自己孩子的事情，于是心一下提到嗓子眼，脚像钉在门口一般挪不动，不由自主地听着他们商谈的天大的秘密。

书房里，沈先礼还是意气风发地跟洛天凡谈天说地，却一朝谈虎色变。

只听洛天凡小声汇报着，"哈桑败了，咱们安插在白昆山底下的人暴露了。"

沈先礼前一秒还晴空万里的面色一下阴沉下来，跌坐在椅子上，胳膊肘拄着桌子，搓着手，腿也紧张地颠着。

几秒没说话，思考了片刻，看着洛天凡，"败了？"

继而咆哮地喊道："你跟我说败了！不是万无一失吗！"

"对不起少爷。"白玺童还从未见过洛天凡如此卑躬屈膝地跟沈先礼道歉，沈先礼一向敬重他，即便对所有人都是一副高高在上的样子，但对他始终有三分晚辈的礼貌在。

但这一次，他真是怒火冲天，"不要跟我说对不起，你只需告诉我，接下来我们怎么办！"

沈先礼的情绪依旧没有控制住，接着说："白昆山抓住内奸，是说他已经发现我们了吗？不对，哈桑那边呢，难道白昆山没有发现我们串通哈桑？"

"依目前白昆山对我们的态度来看，似乎还没有发现是我们在搞小动作。哈桑是直接被一枪击毙，好在没留活口。"

"他办事还是那么毒辣，快各方面都打探一下，白昆山这个老贼是一定不会这么简单就收手了的，一旦被他知道，我们甚至会有性命之忧。"

事到如今，沈先礼只怕事情败露，一心想着如何防患于未然。

想了想又嘱咐洛天凡，"他既然已经知道有人在谋算他，肯定会把分支查个干净，他向来多疑，我怕我们这已经有他安插进来的人了。你小心留意，一旦发现谁可疑，绝不能放过。"

书房里的声音若隐若现，白玺童时而依稀能听到几句，时而又听不到，但人似乎对自己的事情格外敏感。

当他们说到她的孩子时，哪怕声音很小，她还是清晰地一字不落地听进耳朵。

沈先礼问洛天凡，"那孩子呢？"

"还在我们手上。"

"千万要保存好，必要时这就是我沈家的保命符。"沈先礼倒吸了一口气，椅子转过去面向窗外，"他是为我沈家而死，守住沈家是他的责任。"

洛天凡上前拍了拍他的肩，说："听说您换了个别的婴胎骗过了白小姐？"

"恐怕是恨死我了。"

"这不正是你所期盼的吗？"

"不干活你也不能在这站着啊，回头让老夫人撞到了……"刚上二楼的刘碧云就看到白玺童魂不守舍地站在书房门口，她以为她只是偷懒，就吆喝了两声。

但屋里的沈先礼和洛天凡听到她的声音，吃惊地交换了眼神，然后洛天凡急步走到门口，一开门，站着的人正是白玺童。

他们刚刚在房间里密谋之事最不能让知道的人，就是白玺童。他们不知道她站在这里多久，这次即使洛天凡想帮她脱身，恐怕也难过沈先礼这一关。

他把她带进书房，她神色紧张，不知道该说什么，洛天凡还想着帮她，就试图引导她是不是刚刚才站在门口，于是说："你来多久了，刚来吗？"

白玺童结结巴巴地说："刚，刚来。我正想擦门，结果看到你们在里面，我就没敢动，这时，这时碧云姐就喊我了。"

"好，那没事了，你出去忙吧。"洛天凡帮白玺童打着圆场，即便他看白玺童的反应也是听到了什么，但他宁愿背后叮嘱白玺童，也免得她受到沈先礼的问罪，惹来不必要的麻烦。

白玺童听令退了出去，手都放到门把手了，结果又攥着拳头折了回来。

她承认自己没什么城府，也学不会装聋作哑，他们分明在说自己的事情，她太想知道沈先礼非要把她留在这里，又说要利用她的孩子到底是为什么。

她定了定神，向沈先礼问道："你们到底把我的孩子放去哪里了，那天玻璃盒子里的和现在院子里埋的，根本就不是他是不是？你们千方百计弄走他是有别的目的，我听到了，你说他是你们沈家的保命符！"

白玺童一头雾水，她知道她的孩子充其量是个私生子，最多就是沈先礼迎娶豪门贵胄千金的绊脚石，又何来保命符之说？

房间里一片死寂，洛天凡刚要开口被沈先礼拦下了，被遣了出去。

"你知道我是不会告诉你的。"沈先礼点上一支烟，烟圈熏得白玺童红了眼圈。

他何尝想这么隐瞒她，不仅如此还要违心地伤害她。

但他看似尊贵的沈氏集团继承人的身份下，有太多的身不由己，言不由衷。

他想跟她说，会有真相大白的一天。等一切结束，他会告诉她所有事情的真相。

备受煎熬的人不止她自己，他只是少了皮肉之苦，心里却装着更沉重的秘密。

有时候，知道比不知道更痛苦。

这一支烟，沈先礼并没有抽几下，他只是需要借一支烟的时间来冷静一下，掩盖住自己对白玺童的怜悯之心。

白玺童激动地攥着他的手，连烟也不顾。燃烧中的烟灰在白玺童手心由红变灰，她竭力忍着烧灼的疼痛，憋着不让自己叫出来，便拼命抿着嘴。

沈先礼企图吻上她的唇，脸刚一凑过来，被白玺童烧伤的手狠狠地扇了一巴掌。但那时烟灰已经没了温度，他脸颊传来的灼热感只是来自她的手劲，面无血色的脸被烟灰添了脏。

他没擦去烟灰，只保持着被她扇巴掌时的角度，一动不动。

人去楼空的书房，门四敞大开着，沈先礼少有地疏忽而没有上锁，这一次小小的大意却酿成了大祸。

沈老太太就是白玺童偷听时的黄雀在后，虽然她相离甚远并不像白玺童听到具体的话，但她却目睹了后来的全过程。

洛天凡退出书房时，正好瞄到客房里门缝中的人，讳莫如深地笑了。

入住山顶别墅半个月有余，存放沈先礼秘密文件的书房一向不让人涉足，就连她也不过那日假意看望他，才进去了一下。

但今天，正是她所等的门庭大开。

她悄无声息地潜入书房，蹑手蹑脚地翻着抽屉，从桌子到书架上，她一一排查。终于在以二十年前沈家祖宅的电话号码为密码的保险柜里发现了她要找的东西。

那是一摞不过几十页纸的机密文件，里面写的全是被白昆山操控的傀儡集团，而最后一页是沈先礼联合他们试图扳倒白昆山的契约，扭转乾坤的命数就在这里。

有了它，白昆山就等于让在暗处的小鬼暴露无遗，各个击破易如反掌。

沈老太太利剑在握，走出书房拨通了洛天凡的电话，像是凯旋的战士等待嘉奖。

而后狂轰滥炸的电话打断了沈先礼的沉思。

"小沈总，出事了。临近收盘，沈氏集团下属股票、泛海船运、华信电讯、滕涛物业的股价恒生指数已经跌破百分之三十。沪深指数也惨遭跌停板，恐怕马上要开盘的纳斯达克也凶多吉少。我们会紧急拿出周转自己护盘，但最多只能撑三小时。"

"沈先生，您快来公司吧，董事们一起找来公司，要您给个解决办法。我们这边实在稳不住了，您再不来他们怕是要集体撤资了。还有我们集团下属的子公司估值也在快速缩水，四轮融资，投资方落井下石，骤降三百亿。"

"少爷，少爷不好了，记者已经围堵在山下关口要采访您，数百家媒体争相报道沈氏集团正遭遇史上最大一次经济危机。势要为股民讨回公道，求解决执法啊。人数已经越来越多了，我们的守卫怕是要守不住，要被他们冲上来了。"

沈先礼放下电话，一件件穿好衣服，挑了那枚父亲留下的袖扣别在袖口，对着镜子正了正领带。他是即将要走上生死场的角斗士，孤注一掷，殊死一搏。

山雨欲来风满楼，大难将至。

第四章
沈氏集团岌岌可危

Part 1 ......

那天，H市大街小巷的电视里无一不在播出着"沈氏集团岌岌可危"的新闻，在牛市的大潮中沈氏集团旗下全部子公司的股票接连跌破发行价，无一幸免。

沈氏集团总部大厦下，是一夜间倾家荡产的股民们，他们拉着红色条幅，集体声讨让沈先礼给个说法。

素日里对沈家俯首称臣的合作方都谨慎地观望着，作为H市龙头老大的沈家突然遭受风云变色。

这幕后究竟是什么人在操控，大家谁也猜不到，一个个唯恐受池鱼之殃，受到沈先礼的邀请纷纷告病的告病，出国的出国。

因此，曾门庭若市的沈宅山顶别墅，以前连到访都要提前预约一个月，今天发出的二十余张邀请函，敢来的只有两位。

江峰。

郭伟昌。

还未等两位的车驶到别墅的大门，沈先礼就在半路恭候多时。待两位下车，他毕恭毕敬地唤了声："江伯父、郭总，感谢两位雪中送炭，我们进屋聊。"

江峰是沈老爷的老部下，当年自立门户多亏了沈老爷的照拂，二十余年的经营让他在东南亚的生意顺风顺水。

早已无心恋战国内的市场，这一次是听闻沈家有难，才特意从新加坡专程赶回来还沈家的人情，助沈先礼一臂之力。

他在沈氏的时候，沈先礼尚小，一别多年，看到眼前的沈先礼已是而立之年，不禁感慨岁月匆匆。

当年沈老爷命丧香港，正是江峰冒着生命危险把他的遗骸运回H市，重情重义的他，事到如今怎么可能袖手旁观坐视不管。沈家于他恩重如山，他定会投桃报李。

江峰拍了拍沈先礼的肩膀，稳健地说："孩子，别怕，江伯父会与你同舟共济。"

二位来客拜过沈老太太后，便随沈先礼进入书房。

沈先礼直言不讳，大敌当前，沈氏危在旦夕，希望二位伸出援手，助自己渡过此劫，若能保住沈氏，日后定会报答今日之恩。

沈先礼是含着金汤匙出生的，名门望族的尊荣让他一身傲气，如果不是沈老爷受奸人所害让他年纪轻轻就接管风雨飘摇的沈氏，他何至于这般卑躬屈膝。

"先礼啊，你放心，江伯父虽然能力有限，但即便是螳臂当车也会尽全力和沈氏同生共死。我来时已经把马来西亚和新加坡两地公司的周转资金全部提出，你拿去暂时顶顶。"

说着，江峰从包里拿出一张早已填好的支票，他倾囊相助，不问回报。

沈先礼感激涕零，紧紧握着江峰的手，如果不是旁边还有别人，如此大恩，他甚至愿意下跪致谢。

然而江峰如此开门见山不求回报的出手相助，让一旁本想趁火打劫的郭伟昌乱了阵脚。

他是H市近几年的暴发户，在山西凭借几处煤窑摇身挤进上流阶层。

对于利害关系并不了解，在接到沈先礼的邀请时，只以为沈氏是暂时周转不灵，哪里会想这背后的安全隐患，一心想敲竹杠趁机以低价买点沈氏股份而已。

他干咳了两声，在江峰之后，只觉得说也不是，不说也不是。

善于察言观色的沈先礼岂会看不透他的小心思，找了个借口请江峰暂时回避，久经商场的江峰也瞬间会意，冲着沈先礼点点头，出了书房。

和对江峰不同，沈先礼面对郭伟昌时完全是生意人之间的博弈。

即便心里门清郭伟昌的小算盘，但沈氏现在需要这笔钱来挺住股价，也不得不让他来分一杯羹。

"郭总，您今天肯来寒舍，我沈某已经深受感动。商场刀光剑影，人情之外，利益至上。您放心，我虽年轻，但游戏规则都懂。您有什么条件尽管提出来，但凡我沈氏能给的，我愿意促成这次交易。"

沈先礼彬彬有礼，又气势如虹地说。

"小沈总，你这是说哪的话。要不是沈氏闹这一场，我郭伟昌哪里有身份能成为沈家的座上宾。我来吧，一是对沈氏敬仰已久，早就想结识小沈总。二来，嘿嘿，看有什么生意，我来凑凑热闹。"

郭伟昌被沈先礼的气势压制住，又目睹了江峰的作风，其实本想委婉含蓄地表达想法，但无奈文化有限，组织了半天的语言最后还是落个直抒胸臆的效果。

"郭总谦虚了，您看您有什么打算，我考虑看看，能否达成我们的合作。"

"这个，啊，这个，我出三亿买滕涛物业百分之二十的股份。"

郭伟昌不含糊，快人快语放了话。滕涛物业百分之二十的股份，按正常来讲起码值七亿，他这杀起价来真是一点不留情面。但他多少也有点不好意思，又圆圆场。

"我一相好，看中了你们在南山那个项目，非要让我买来，回头她跟小姐妹说也有面子。你看我这也不像沈家这么有钱，三亿是我能拿出的最高价了。"

沈先礼思索片刻，三亿对沈氏来讲不过是鸿毛一片，但值此危难关头，即便这些钱只够沈氏支撑一天，也是为他争取一天的生机。

于是他不得不接受这霸王条款，答应了这笔买卖。

郭伟昌笑得合不拢嘴，大金牙泛着午后的阳光暴露在外，上前跟沈先礼握手。他走后，沈先礼第一件事就是拿了条消毒毛巾反复擦了好几遍手。

江峰难得回来与之一聚，并没有很快就走的打算。反倒是郭伟昌推脱说还有要事在身就先行离开了，沈先礼送至楼下。

结果郭伟昌被奢华的沈宅深深吸引住目光，不合时宜地向沈先礼提出："我能参观参观吗？"

沈先礼礼貌性地笑笑，叫人带着郭伟昌四下转转。

这郭伟昌在圈子里可谓是臭名昭著，贪财好色无人不知。

常年在沈宅工作的女佣们多少也有些耳闻，于是一听要带他转转，都往后极力躲着。

正在这时，祝小愿恰巧掉了一块抹布在白玺童脚边，引起他的注意。

他顺着抹布看到白玺童，一脸淫笑地指了指她："就你了。"

于是白玺童即使心里一百个不愿意，也不得不领了这差事，她之前也不知道贵圈的八卦，只以为是带着看看就好，便在沈先礼阴沉的目光中，指引郭伟昌走了。

一楼主要是大厅，就算郭伟昌也是富豪级人物，但说到底还是贫民出身。

对于这些上乘物品还是不曾触及，他也叫不上来这些到底是什么名号，只猜想沈家的东西定错不了，便连声称"好好好"。

沈家有一个房间是专门放古董名画的。

他们走进这里，白玺童照本宣科向他介绍着陈列柜里价值连城的宝物，郭伟昌惊讶地合不拢嘴，还很没出息地和其中最贵的那盏慈禧御赐山西乔家的稀世珍宝九龙灯合影留念。

白玺童瞥见郭伟昌把这张照片发在网上，没忍住笑出了声来。

郭伟昌被她一笑也觉得有点不好意思，但又为了维护自己的形象假装什么事都没发生过，借机与白玺童攀谈起来。

"小姑娘，你叫什么名字啊？"

"回郭总的话，我叫白玺童。"

"啊呀，喜铜好听啊，喜欢铜，富贵。你家里是不是还有两个姐姐，大姐叫喜金，二姐叫喜银？哈哈哈哈。"

郭伟昌自觉自己风趣幽默，笑得脸都变了形。白玺童礼貌又不失尴尬地解释，"是玉玺的玺，儿童的童。"

"嚯，这名字更了不得，姑娘你该不会有皇家血脉吧。哈哈哈哈哈哈。"说着，他又持续狂笑。

白玺童不再作声，任凭郭伟昌十万个为什么似的问她，"哪里人呀？""今年二十几了？""来沈家多久？"等等。

见她不回话，又转而吹嘘自己，把身家数亿挂在嘴边，企图吸引她的注意。

但身无分文的白玺童根本对钱没什么概念，身价数亿对她来说跟有一个亿，或是一百万的效果是一样的。她兜里只有五百块，便也不觉得跟自己有什么关系。

郭伟昌没有得到预想的结果，他以为白玺童会跟很多见钱眼开的女孩子一样对他殷勤谄媚甚至以身示好。香饽饽没吃到嘴里，就更对她动了兴趣。

他包养的情妇数以十计，睡过的女孩数不胜数，他什么样的女人没见过。她白玺童不过是区区女佣，他就不信如果他想要，会得不到。

郭伟昌打量着白玺童匀称娇小的身体，凭借多年纵横色场，即使不摸，他也能看出她定是那种媚若无骨的骨架。

白得犹如珍珠一般的肌肤有着少女特有的冰清玉洁。这一下子让他觉得，她跟那些红尘里摸爬滚打的女人们是那么不同。

心中便暗暗生了邪念。

后面沈宅的参观，郭伟昌也不再把注意力放在那些死物上，对他来说，眼前的活色生香才是珍宝。

他全程色眯眯地盯着白玺童的短裙看，让她很不舒服，只求能快点结束导游的任务。

然而就在他终于遂了心愿逛完沈宅，临出门，却恬不知耻地回头对沈先礼说："这个姑娘，可否借来陪我两天？"

Part 2 ......

如果放在以往，谁要是敢打沈先礼女人的主意，恐怕就要死无葬身之地了。但今时不同往日，至少就这一刻钟来讲，沈先礼还不能得罪这郭伟昌。

更何况，白玺童此时扮演的也不过是沈家的用人。为了一个区区下人，怎好驳了他的面。

但在郭伟昌说出这话的时候，白玺童还抱有侥幸心理，觉得怎么说自己也和沈先礼有肌肤之亲，即使他们之间谈不上爱，但以他的身份地位想必也绝不会允许别人染指他的女人。

她抬头看了眼沈先礼，正遇上他也正看向自己的眼神，他的表情难以捉摸，像是被逼宫的皇帝，一面又要保住威严，一面又想保住性命。

他不带一丝笑容地说："郭总身家过亿，怎么会看上我家一个用人小丫头。"

他说这话时，旁边站着几个女佣，看似都在忙着手里的工作，其实全部都在凝神屏气地听着结果。

这栋房子，除了郭伟昌，每一个人心里都清清楚楚白玺童和沈先礼的关系。

到了这个时候，她们在等待着白玺童是走是留，也并非对她有多关心，里面更多地包含了外面谣传沈家要垮这个消息的虚实。

就在大家都各怀心思的时候，郭伟昌并没有领会到沈先礼的意思，执意要带走白玺童。

"不过就是个用人，回头我还给沈总十个八个就好了。怎么样，这个买卖您不亏吧？再说了，我这都投您三亿了，您连这点面子都不给我就说不过去了吧，就当是个赠品，还不行？"

"难得郭总看得上。"

听到沈先礼这样的回答，郭伟昌放声大笑，拉着白玺童扬长而去。

白玺童走过沈先礼身边的时候以极小的声音跟他耳语："你居然就这样把我卖了！"

沈先礼眨眨眼笑着说："是赠品，白送的。"

白玺童就这样走了，沈先礼回到楼上，躲在窗帘后目送着郭伟昌的车离去，他怕被白玺童看到自己的在意。此时他已经收起在楼下那副无所谓的样子，攥着拳头想着计划。

而刚刚目睹这一场夺妻大战的用人们，等沈先礼一走，就开始扩散开这个消息。

有的人为白玺童担忧，有的人又跳出来说这也许就是白玺童看到沈家不行了趁机傍上的金主，还有的急得像热锅上的蚂蚁担心自己未来的出路。

祝小愿在她们中间，心满意足地笑不露齿。不管白玺童是死是活，沈家是不是能过了这一遭劫难，至少白玺童是再也不会回到这个家了。

从一开始她就对她有敌意，在她心里沈先礼就应该和梁卓姿那样的大小姐在一起，凭什么她白玺童跟自己一样出身寒门也能得到沈先礼的偏爱。

她不甘心同人不同命，这份妒火烧得猛烈。

所以她才会把沈先礼让她喂堕胎药的事丝毫不掩饰地告诉白玺童，她盼着她自己走，却高估了她的能耐。既然如此，那就设计让别人带她走。

祝小愿一转身遇到刘碧云，她严肃地盯着自己，然后把她拉到一旁质问她："你刚才为什么要特意把抹布扔到白小姐面前，让郭总注意到她？你们不是朋友吗？"

"那你们不是敌人吗？你不是一直都不喜欢她吗？干吗来管这样的闲事。"

"她是洛叔带进来的人，他嘱咐我要照顾好她，你让我怎么跟洛叔交代？"

"怎么交代？郭总钦点的人，沈总点头批示，你一个下人又能怎么样。"

说着祝小愿走过刘碧云身边，融入女佣群里，又是一副活泼可爱的样子。

刘碧云只觉心下不安，拨通了洛天凡的电话，"洛叔，白玺童被郭伟昌带走了，怕是凶多吉少。"

另一边，白玺童在郭伟昌车里战战兢兢，这个男人脑子里在想什么，她一清二楚。他的眼神写满了欲望。

急不可耐的郭伟昌也不顾司机在场，把手就伸向白玺童的胳膊，他生有老茧的手像锉刀似的磨得她好疼。

她坐得紧紧贴着车门，两手奋力地把他的手推开。

"您别这样。"

"别哪样？小妹妹，别说你不知道你们沈总把你给我是要干什么。"

"我只是沈总家的用人，我的工作就是清扫那栋房子，他无权让我做别的……什么事。如果您对我有什么不法行为，我一定告你。"

"呦，没想到一个小丫头伶牙俐齿的，你这是跟哥哥在这欲拒还迎啊，还是欲擒故纵呢，唱的是哪一出？"

郭伟昌已经不是在沈家还有三分收敛的样子，现在完全是抢占民女的地痞流氓之相，他跷着二郎腿，摇头晃脑地说。"你放心，我不会亏待你，你去问问，我郭伟昌对女人什么时候小气过，送车送房我一样不会少，让你从此过上少奶奶的日子……"

说着他在车里狭小的空间里就要强迫白玺童就范，他一身肥肉贴着白玺童，压得白玺童喘不过气来，又由于身体庞大，他稍一有动作，车就跟着晃动。

而此时车马上就要驶进市区，车速减慢的话他这样恐怕会引来周围司机的侧目。

白玺童想起之前遇到司远森的做法，于是心生一计，她要等一个人来人往的红灯，金蝉脱壳。

于是她暂且先安抚郭伟昌："郭总，您急什么，我难道能跑了不成。等到了酒店，还不是您想怎样就怎样，在这，这么多车辆，难免就被人看了热闹。我是无所谓，您可是有头有脸的大人物，万一再上新闻，这H市的老百姓们可是又有茶余饭后的八卦了。"

这话郭伟昌还是很受用的，他端坐回自己的位子，用手抹了抹油腻又稀少的头发，说："也对，好饭不怕晚。"

白玺童这才松了一口气，一路上一面应付着郭伟昌，避免露出破绽，一面又时刻紧盯着路况。谁知老天不开眼，竟然全是绿灯，畅通无阻。

家里有母老虎坐镇，郭伟昌哪敢直接把人带回去。

司机把车开进一处名叫"庸"的私人会所里。

无论白天还是晚上都从不缺客人，这里是富豪们有名的欢乐场，实现了时间自由的富贵闲人大把大把，来这里找找乐子打发时间的有之，想要在这里拓宽人脉的有之。

这里有一个不成文的规定，就是无论在庸会所见到了什么，听到了什么，出了这门绝不能传出去。

而会所老板虽然从不露面，能撑得住让会所明目张胆地成为警方盲区，可见也是势力非凡。

所以郭伟昌把白玺童带进来，哪怕一路上遇到好几个老熟人，大家也都是心照不宣地寒暄着擦肩而过。

临时起意来这里的郭伟昌本还担心会没有空房，但刚到前台报上自己的大名，前台的工作人员就说："郭总，已经提前给您安排好了，请随我来。"

能进来庸会所的人都不是等闲之辈，虽说他郭伟昌也算发达了，但论身份地位跟那些人比还不过就是个小角色。

他正纳闷怎么今天自己会有这番优待，一旁的司机见机拍马屁："恭喜郭总，连庸会所都这么高看您，可见郭总在圈子里的地位一日千里。"

郭伟昌全盘收下这些奉承话，做着美梦以为是刚刚谈下的入股滕涛物业已经在圈子里传开，凭着沈家的势力得到的这VIP待遇。

想到这里他就更心花怒放地看着白玺童，心想这算什么，不仅沈家的股份自己收入囊中，连沈家的人他也是想带走就带走。

说时迟那时快，刚一进房间，还不等司机和工作人员退出去，他就把白玺童搂上了。他们不声不响地关上门，识相地退去。

白玺童在这个节骨眼上，脑子里想到的唯一能救自己的人竟是沈先礼，她一面以灵活的动作躲避着郭伟昌的追截，一面想：沈先礼你个王八蛋，难道就真的这么不管我了吗。

身后是郭伟昌的叫喊："小妹妹我看你往哪里跑，哎抓住了，嚯还跟哥哥玩捉迷藏……"

虽说沈先礼对白玺童也没有好到哪里去，但这样不正常的中年男人喊着自己，让她觉得真是史无前例的恶心。

她东躲西藏，五十平方米不到的房间她东躲西藏，只求能拖一时是一时，潜意识里她总觉得沈先礼会来救她。

但她最后还是被郭伟昌找到了，当他死死抓住白玺童的胳膊时，她甚至能感觉到皮肤腐烂的错觉，恨不得砍掉也不想碰他这个肮脏的东西。

郭伟昌得偿所愿美女在怀，毫不犹豫地就要吃干抹净。

他早前在社会打拼时练就的一身好体力，在这时派上了用场。

在沈家时，他就对她垂涎三尺……

Part 3 ......

就在白玺童绝望地以为自己逃不掉了的时候，房间门被大力踹开，一队警察持枪突袭而来。

郭永昌吓得屁滚尿流。

"有人举报，说你绑架，现带你回警局。"带头警察对郭伟昌没有半点情面，指挥着下属，"把他给我扣起来。"

"怎么可能，这里是庸会所啊，你们不能抓我！"

警察懒得理他，心里一笑：哼，就是庸会所让我们来抓你的。

"带走！"随着警察一声令下，郭伟昌和白玺童被从后门带走，说来奇怪这一次却半路一个人都没有，他们像是包场般悄无声息就被警车带走了。

郭伟昌还在觉得这真是不幸中的万幸，起码自己的狼狈相没被别人看到。但白玺童却看出了其中的端倪，一定是庸会所刻意安排这场虚晃一枪的"抓捕"。

警察局门前，二人下了车，郭伟昌生怕被媒体拍到，一直低着头躲闪。

进了警察局里面，他还要求警察开单间审问，但看来他的势力还是不足以让警察局给薄面，被警察义正词严地拒绝了，怎么对待别人，就要怎么对待他。

"说说吧，怎么回事？"早就对这种事司空见惯，开场白也轻车熟路。

"误会，都是误会。这是我表妹。"

"你表妹？都让我们抓个正着了，你还敢说。好啊，说是你表妹是吧，那乱伦罪加一等。"

"不不不，我口误，不是表妹，是我女朋友。"

"女朋友？资料里显示你可是已婚啊。怎么着，这又往重婚罪上靠啊？"

"不是不是，唉，总之是误会。警官你不知道我是谁？"

"郭伟昌嘛，写着呢。"

"对对，我就是伟昌集团的老总，咱们万事好商量。好商量。"

"行啊，老总是吧，那把媒体朋友们叫来，咱们一起商量商量。"

从始至终警察都不吃他那套，见招拆招。郭伟昌心下凉了半截，这真是遇到了铁面无私的主儿了。吃了瘪，也不敢再吱声，自认倒霉。

警官这次换白玺童问："你说，你们到底什么关系。"

这可好，白玺童就等这一刻呢，她一个好人才不怕警察呢，一五一十地倒出了自己的苦水。

"警察哥哥，救我，我是被强迫的。我原是沈家的女佣，被他硬绑来的。"

"沈家？哪个沈家？"

"沈氏集团，沈先礼家。"

一听沈氏集团，警察赶忙收起懒散的样子，认真起来，叫来旁边的小警察低声说了什么，白玺童只看他连点了两次头，然后说："既然沈家已经来人了，就叫过来吧。"

白玺童在想这种事会是谁出面，沈先礼是不可能来这里，那会是刘碧云吗？

来人是洛天凡。

一看是他，白玺童差点就喜极而泣了，知道自己一定会安然无恙。

"洛先生，怎好劳您大驾。不知道是沈家的人，怠慢了。误会，都是误会。"警察见到洛天凡起身握手，连对白玺童都换上了满是歉意的笑脸。

"人您带走吧，剩下的事我来办。"

洛天凡礼貌地谢了一句，扶起白玺童就打算离开。

"哎哎，洛先生，洛先生？还有我呢啊，您跟他们说把我也放了。"郭伟昌在后面鬼叫。

洛天凡本就因为他对白玺童图谋不轨而愤怒，碍于他现在跟沈氏是合作关系才没难为他，他可倒好，还指望着自己去保他吗？

"对不起郭总，我也是奉命办事，保我沈家的人。您家大业大，哪里用得上到我多事。"说着就头也不回地走了。

郭伟昌还在抱怨："警察同志，你刚才都说是误会了，怎么把女的误会走了，把我留下，这可算什么事啊……"

后来郭伟昌在局子里被关了半个月，即使没有证据认定是沈家所为，但也让他隐约觉得，沈家的人动不得。

瘦死的骆驼比马大。

白玺童被救回来不知是福是祸，毕竟自己差一点就有了离开沈先礼的机会。

现在她又回到这个密不透风的房子里，跟监狱也没什么大分别。沈先礼早就在客厅等着她，她一进门，就被沈先礼嘲讽。

白玺童不想跟他说话，这个男人那么轻易就把自己当赠品送给别人，如果不是洛天凡她早就遭遇不测了。

她生气地径直走上楼梯回自己房间。

沈氏的危机尚未过去，不过好在有江峰和郭伟昌的资金投入，让沈先礼得以喘息，但他明白留给他的时间不多了。

他必须尽快找到更多的融资，即便名门贵胄对沈氏的存活尚有迟疑，但他们的女儿们可是一如既往地愿意为沈先礼陪嫁母家集团。

一向高高在上的沈先礼一朝落难，就成了她们表现的好时机了。平日里争妍斗艳的她们，这一次不仅言语上安慰，更是倾囊相助。

虽然她们并没有实权，但七七八八个人家当凑起来也又是一笔不小的数目。

沈先礼从来都知道，女人，永远都是他救命的最后一滴血。

对此，他早有准备，平日里与她们的交好，就是为了养兵千日用兵一时。

但这些在沈先礼看来不过是虾兵蟹将，他在等一条大鱼。

不出三日，沈先礼终于接到梁卓姿的电话，从屏幕上闪出她名字的时候，他就知道，沈氏还有得救。

自打沈氏出事那天起，梁卓姿就发誓要助沈先礼一臂之力。她是梁家唯一的嫡出女儿，梁文涛很宝贝她。

当然，社会上还有传闻，梁文涛是靠着老婆娘家的势力崛起的，梁夫人早亡后属于她的那份财产早就过继到梁卓姿名下。

所以即便今时今日梁文涛已经是H市势力集团的头目，但依然忌惮夫人娘家，没有续弦，对其的遗孤梁卓姿更是多有宠爱。

因此当梁卓姿找到父亲，表明要保沈先礼的时候，即使久经商场的老狐狸梁文涛嗅到了这背后的危险，也还是不好直接驳了女儿的面子。

好说歹说地给她分析利弊，更打打亲情牌，扬言若出手，恐梁家也会遭到池鱼之殃。

但梁卓姿是什么人，她是沈先礼粉丝团的团长，被他迷得神魂颠倒，只要沈先礼想要，天上月亮她都愿意相送。

哪怕外界对她主动投怀送抱颇有微词，但她不在乎，她认定了自己早晚是沈夫人。

这时她哪里听得进去梁文涛的话，一心想着救沈先礼于水火。

见父亲不肯帮忙，便拿出母亲遗产相威胁，如果他不愿意，那自己愿意倾尽所有。

梁文涛怕了，面对着梁家一半的财产即将被自己的傻女儿这样拱手送人，他气得暴跳如雷，在梁卓姿走后大发雷霆，心里对沈先礼陡增了几分恨意。

但末了还是担心梁卓姿干出冲动事，便做出让步，由自己出面看看与沈氏能有什么合作。

听到父亲肯帮忙，梁卓姿喜上眉梢，做着美梦计划着沈氏翻身，自己终于打败众多情敌，把沈先礼牢牢握在手心。

她不怕沈先礼是为了钱才选择她，毕竟自己的家庭就是前车之鉴，有梁家撑腰，有危难之际的救命恩情，她信她会如母亲般降服自己的男人。

梁卓姿等不及梁文涛去找沈先礼，恨不得一刻不耽误去邀功。

于是她清了清嗓子，捏着含糖量四个加号的嗓子打通了他的电话，"先礼，是我。你的事，我已经说服我爸了，我们梁家会帮沈氏过这一劫的。"

一切如沈先礼所料，但他依然表现出大喜的语气，"卓姿，我就知道这个时候只有你是我可以依靠的。我该怎么感谢你？"

"哎，我们之间谈什么感谢，我帮你是应该的。只是……"

"只是什么？是不是梁总提了什么条件？你说，我尽量接受。"

"你真的什么都接受？"

"只要我能办到。"

"我爸说，这一次梁家拿出来投沈氏的资金，就当是我的嫁妆。"她带着少许害羞，柔声细语中却是满满的咄咄逼人，"条件就是，我是沈夫人。"

第五章
一荣皆荣，一损俱损

Part 1

梁卓姿要当"沈夫人"的要求，倒是沈先礼始料未及的。

就算之前她再怎么对自己示好，但毕竟千金小姐的矜持还是有的。

他以为她也像其他女人一样，只要他几句甜言蜜语，说些若有似无的承诺就可以糊弄过去。

但让素来没有交情的梁文涛拿出这么多钱，这等空手套白狼的美事，是他乐观了。

他迟疑了两秒，不管怎样，他必须做出反应，拿出缓兵之计。他凭借多年来与女人周旋的态度来回梁卓姿的话，"卓姿，你说这话，真让人寒心。"

电话另一边的梁卓姿曾想也许会被拒绝，也许会惹他生气，却单单搞不懂沈先礼这是要闹哪一出，她慌了，自己设的圈套该不会弄巧成拙了吧？"先礼，我……"

"你我之间的情义，难道你一点都不明白吗？若你肯嫁，也该是我用沈氏做聘礼，跪地求你答应。你却说，梁家出手帮我的条件是沈夫人的名头。这样，你会让我觉得自始至终我都没能给你安全感，才让你竟拿我们的感情当交易。"

沈先礼说得深情款款，表面看是在埋怨梁卓姿，但话里面任谁都听得出来这是告白。

梁卓姿一面听得脸红心跳，这是她一直以来期盼的他以真心相待，另一面又后悔自己太着急了，明明是探囊取物，反倒成了威逼利诱。

她说："先礼，你不要生气嘛，人家也是开玩笑。你对我的好，我怎么会不明白呢。"

"卓姿，等一切都过去，我一定让你风光大嫁。"

两人小情侣似的又说了会儿话，沈先礼以工作为由挂了电话。这通电话，白玺童都躺在沈先礼边上从头听到尾。

她听着他们聊着婚事，却感受到沈先礼的手正不老实地游走在自己的身上。她假装不在意地玩着手机，字字都记在心里。

沈先礼放下电话后，打量着白玺童认真玩游戏的脸，不以为然地说："你看，这回你心理平衡了吧，我也把自己卖了。"

他抢过她的手机，把暗掉的屏幕当成镜子照，自我迷恋地说："不过我比你可值钱多了，我想想，可能至少值五十亿。"

白玺童没有了手机做掩饰，努了努嘴，也并不想接茬。但灵机一动，想到如果沈先礼很快就要娶梁卓姿的话，是不是也意味着自己那时就可以重获自由了。

于是她一改事不关己，变得笑靥如花，笑嘻嘻地试探问他："那我什么时候离开这里？"

不知是不是自己的错觉，她说这话的时候，感觉沈先礼的眼神突然有了几分悲伤的神色，他抚着她的脸，浅声道："你就那么想走吗？"

"当然，谁愿意在这里当阶下囚。你以为我不想出去逛街，不想回去上大学，不想和好朋友一起说说笑笑吗？"

"你最想的，是那个司远森吧。"

"你怎么知道他名字？"白玺童记得自己从没跟沈先礼提过他的名字，她警觉地问。

沈先礼没回答她，只是把她抱在怀里，用她近乎听不到的声音自语："你很快就可以走了，再陪陪我，救救我。"

白玺童果真没听到，只觉得沈先礼弄疼自己了，龇牙咧嘴地叫着。

事到如今，有两个女人可以救沈先礼，一个是梁卓姿，凭借梁家的财力，沈氏的财务状况会有所好转。而另一个，谁都想不到，是白玺童。

白玺童和白昆山，就像是食物链的首尾两端，却偏偏违反了自然法则，可以以弱制强。

但至少现在，沈先礼还不想动用这张王牌，如果有可能，他宁愿永远不用。

沈先礼笑着揪起白玺童后脑勺上的头发，提议："你想逛街是吗，走啊。"

开什么玩笑，白玺童被沈先礼没头没脑的话搞得云里雾里，他什么时候这么由着自己，竟然会顾及自己的想法。真是善变的男人。

一刻钟之后，素面朝天的白玺童坐上了沈先礼的座驾，刚一上车她意识到似乎有什么不对劲，就问他："你换车了吗？我怎么记得你以前常开的车是深蓝色的？"

"那辆宾利？"

"好像是吧，我不认识什么牌子。"

"卖了。"

沈先礼说得轻巧，但堂堂沈家居然沦落到把名下的车都卖了充数，可见这场危机究竟多大。白玺童"哦"了一声，觉得自己好像问了句不该问的话。

但他却还在继续这个话题："怎么，你喜欢之前那辆？"

"没有啊，只是有印象。毕竟我跳江那次，如果不是它，可能装着我的就是棺材了。"

"你应该说,如果不是我,见你的就是阎王爷了。"

现在想来之前的事,就像是上辈子,说记得,可感觉起来又不真切了。

说忘记,但时不时地还会想起来。

白玺童看着车窗外,没再说话,这条少有人走的路,当初像是永远望不到尽头,但走着走着,好像又有了终点。她依稀觉得,好像会有离开这一切的一天。

在沉默的空气里,沈先礼面对着前方的路,对白玺童说:"等我们挺过来,我就把之前那辆买回来送给你。"

"受不起,你别再虐待我就行了。"白玺童明明很感动,明明想说谢谢来着,明明为这一句话对沈先礼有了一丝感情。但话到嘴边,却变了味。

沈先礼带着白玺童走进H市最高端的商场新光商场的时候,各家店员隔着各家的玻璃橱窗瞄到一眼是他,就齐刷刷地出门相迎。

只要他光顾,自己这个月的奖金分分钟可以翻十倍了。

白玺童倒是第一次来这里,准确来说是听都没听过,虽然她是土生土长的H市人,但这种高端商场,与她像是存在于两个平行世界的。

看着门口闪耀的效果灯光,她隐约辨识出几个比较有名气会时常出现在电视里的品牌,爱马仕、香奈儿、迪奥、古驰……至于剩下的那些什么豹头Logo,什么编织纹理,她闻所未闻。

沈先礼轻车熟路地带她先进了离门口最近的CN的店,店里四下无人,展示柜里只放了几只包包,设计简约,却一眼看去就知道是上好的皮质。

他对她说,"自己挑吧。"见白玺童呆若木鸡地站着,他又对上前服务的店员吩咐道,"算了,你帮她挑挑。"

然后白玺童就被店员带去楼上楼下好一顿逛,试了一套又一套衣服。

她偷偷在试衣间看了眼价签,一条连衣裙居然就要将近三万块钱,吓得她赶快穿好自己的衣服，一溜小跑找到正在看股票的沈先礼。

沈先礼抬头，问她怎么这么快就买好了，她趴在他耳朵边说："好贵啊，一条裙子居然就要三万块，脑子抽筋了才会买吧。"

沈先礼苦笑，女人们向来只有觉得买少了，从来没遇到过像她这样的。他突然觉得白玺童表现很像寻常人家的管事妻，在算计自家不多的生活费。

于是他调侃她，"怎么，想为我省钱？你又不是我老婆。"

白玺童羞了羞拍了一下沈先礼，说："谁给你省钱，我是想问如果你大发慈悲，那可不可以把这些礼物变现，我不要衣服我要人民币。"

"行了你，让你挑就挑，哪那么多废话。"

等他们买好衣服，大包小包地走出店门时，白玺童还是很开心的，虽然她算不上痴迷名牌，她连名字都叫不上来，但女人的天性就是买了漂亮衣服便抑制不住开心。

今天是她最近半年来最开心的日子，为了衣服，为了今天自己好像又过了下正常人的生活。

但手舞足蹈的她不小心与迎面走来的妆容精致的墨镜女撞个满怀，她连声道歉，对面的女人却不依不饶，生气地摘下墨镜，浑身上下地打量她．

见她穿着刚刚买好的满身最新款的名牌，又把下巴抬高了两厘米，很怕被比下去似的。

她趾高气扬地说："买两件名牌衣服，就可以走路不长眼睛吗？"

"对不起，对不起，是我不小心。"

"哼，不小心，一个情妇二奶小三小四的，就别出来这么招摇过市，小心被正宫逮到扒了你皮。"

那个女人从她说的第一句开始，其实就是对白玺童身份的判断。但凡是H市家世显赫的富家小姐，她哪个没见过。

眼前这个女孩长得不错，在这一身名牌的映衬下气质好像也还算像那么回事。难道说是什么新冒出来的小明星？

但听白玺童如此卑躬屈膝的道歉，她就胜券在握，这不过是个普普通通的小丫头，就不在乎恶语相向了。

沈先礼跟在后面一直关注着股票，有那么几分钟是落后于白玺童的，等他收回眼神望向她的时候，就看见她正跟人起了冲突。

他看不清另一个人的脸，只是她张扬跋扈的骂声好大，新光商场又因为白天人少很是拢音，一时间只有她一个人唯我独尊地吼着。

沈先礼皱了皱眉，心想是哪来的疯女人。刚一上前，对方的司机却先认出他来，紧张地碰了碰闹事的女人，示意她这边是沈先礼。

而那个女人，本来横眉冷对，一看到他，先是大喜过望："先礼，你怎么在这？"

然后她又像是想起来什么似的，瞥眼看了看白玺童，瞬间花容失色，"她是谁？"

Part 2 ......

梁卓姿怎么也想不到，几个小时之前沈先礼还在电话里跟自己讨论着结婚的事，现在竟就带别的女人在逛街。

虽然她知道他一向招女孩子喜欢，可无一例外都是富家千金，这其中的道理不言而喻，她不以为意只当成逢场作戏和为自己选妃。

眼前这个女孩毫无背景毫无家世，能让沈先礼在这么危机的时刻还能陪她逛街，可见他们之间关系不一般。

梁卓姿在极力控制自己的情绪，等沈先礼的解释。

沈先礼见是他，挑了挑眉，又抬了抬下巴，一点紧张之色都没有，他越过白玺童走到梁卓姿身边，说："巧呢，真是有缘千里来相会啊。"

"先礼，她是谁嘛？"

"我家女佣啊。"

"女佣？你带女佣来买衣服？还来这里？"

"是啊，她是碧云姐选出来的女佣代表，来试工作服，怎么样她这一身好不好看？"说着，沈先礼指了指白玺童让她转一圈。白玺童不明就里地配合着。

梁卓姿云里雾里的，半信半疑地接受了沈先礼说的女佣工作服的事，点点头，"还行，还行吧。"

紧接着沈先礼笑着对白玺童说："听到了吧，女主人同意了，就不用回去给她们看，你现在就回去让店员订这套，二十套。"

支走了白玺童，梁卓姿问他："订女佣服这么小的事，还用你亲自过问啊？而且你们家女佣穿的也太好了吧。"

"要迎娶你过门，沈家的每一个细节都马虎不得，要给女主人一个好印象。"

其实梁卓姿也有将近一米七的身高，还穿着恨天高，但站在沈先礼旁边，还是显得被他气场完全压制住，他睨着眼看她，让她的气焰一下便弱了下去。倒真像是待嫁闺秀见了未婚夫般羞涩。

沈先礼以还要回公司为由拒绝了梁卓姿要去山顶别墅坐坐的要求，遣了司机送白玺童回去。

短暂的购物被临时打断，想起一屋子的女佣因为自己而全部喜获新衣，白玺童窃笑宰了沈先礼一笔银子。

梁卓姿回家左思右想觉得不对劲，回忆起白玺童的面容神情，怎么也不仅仅像个女佣这么简单。

于是她叫来私人助理，命令找私家侦探去调查她。自己第二天一早就直奔沈宅山顶别墅，一探究竟。

车子在山脚就被拦下，保安说车牌并未在预约来访名单里，司机狐假虎威地嚷着："这可是你们未来沈夫人的车，回自己家还用预约？小心我们小姐分分钟炒你鱿鱼。"

保安苦笑了下，哪个月没有几个这样的女人以沈夫人自居，结果呢，沈夫人的宝座还不是空着。

即便如此，保安还是有礼貌地层层上报梁卓姿的大名，得到允许后才肯放行。

梁卓姿之前曾来过一次山顶别墅，那还要追溯到几年前别墅落成的时候，商界大亨齐来恭贺沈先礼乔迁之喜，她那时还不过是十八九岁的小丫头，跟着梁文涛来凑热闹。

也是第一次见到沈先礼，虽然年纪小，但出身名利场。

早早就对沈家的声望如雷贯耳，如今沈氏唯一的继承人竟这样年纪轻轻又英俊，翩翩公子谁人不爱，只此一眼就俘获了她的芳心。她认定唯有这样的男人才配得上自己。

如今再次站在山顶别墅前，她回想过去，只觉往事如烟，万事如意。

沈老太太向来对家里来客不关心，她一生享尽荣华，到头来才发现万贯家财抵不过爱人一笑。

但这一次听说来人是未来儿媳妇，倒是让她眼前一亮。

她早就盼着儿子能早日成家，有个人管着他，也就少了些莺莺燕燕惦记。

不等梁卓姿上楼来请，沈老太太破天荒自己下来迎宾。这天大的礼遇更让梁卓姿受宠若惊，旁边见机行事的用人们见了，更加对梁卓姿毕恭毕敬。

"沈伯母好，我是梁卓姿。"到底还是大家闺秀，她端庄大方地微笑问好，骨子里是良好家教和见惯市面的底气。

沈老太太很满意，连连点头，说："卓姿啊，好多年没见都成大姑娘了，梁总身体还好吗？"

"爸爸很好，多谢沈伯母挂怀。"

"自从你沈伯父去世，我们这些老朋友也就很少见面了。不过好在，以后都是一家人了，要常来往啊。"

"这是自然，爸爸说过两天就来拜访您。"

婆媳之间寒暄了几句，四下没见到沈先礼，梁卓姿就忍不住问："伯母，先礼呢？我打他电话也没接通。"

其实此时沈先礼就在楼上卧室拥着白玺童懒床，哪有早起的精神。

祝小愿奉沈老太太之命来叫沈先礼，白玺童才不得不迅速穿戴整齐溜出来说，沈先礼让假装他不在。祝小愿假借怕闯祸，让白玺童自己去说。

于是白玺童随祝小愿下楼，回禀沈老太太："少爷一早去后山打猎了。"

那天在新光商场看到白玺童时，她不加粉饰就只显得清秀，但今天一见，她带妆的样子更加明艳动人。

见到这样比自己年轻貌美的女人，梁卓姿就潜意识地生出敌意，何况又是沈先礼身边的人，更是让她妒火中烧。

碍于沈老夫人坐镇，她不好意思发作，但大小姐脾气还是嘴上不饶人："你对你们家少爷还真是了解呢，怎么哪儿哪儿都有你。"

沈老太太一听这话不对，明显二人是有过照面，便问："卓姿见过这丫头？"

"见过，昨天逛街时遇到先礼和她一起，说是在挑女佣服。"

沈老太太怎么会不知道白玺童和沈先礼的关系，虽然睁一只眼闭一只眼，但一直看不上她。

这可倒好，今天反倒碰上梁卓姿也来告状，两个女人有了同一个敌人，就变得更加团结，一唱一和心照不宣地给白玺童设陷阱。

就在两人对白玺童冷嘲热讽之时，梁卓姿派去调查白玺童的私家侦探打来电话，她欠了欠身，走出大厅去接电话。

"梁小姐，调查到了。"

"怎么样？"

"这个白玺童是被收养的孤儿，家境贫寒，养父是下三路人。一年前她大学休学，来沈家做用人……"

"你说什么？她好端端的不读大学当女佣？"

"梁小姐说笑了，您是千金自然不了解这些女孩子。谁不想攀高枝，读书哪有嫁入豪门来得风光。"

梁卓姿气得上下牙直打战，想不到沈先礼身边竟有这样处心积虑的女人。

她恨不得现在就把这个小妖精撕成碎片，让她从沈先礼眼前消失。既然她白玺童长了一张花容月貌的脸，那么就让她颜面扫地。

梁卓姿再次回到大厅时，表情明显不一样，即便一忍再忍，还是难以隐藏这背后的狰狞和愤怒。

沈老太太不知那通电话出了什么事情，关切地询问："卓姿，没什么事吧？"

她从牙缝里挤出"没事"两个字，却眼神凶狠地瞪着白玺童。

站在一旁的白玺童被这狠辣的眼神吓得心跳加速，这是大难临头的感觉，不会错。

沈老太太从梁卓姿对白玺童的态度来看，就知道她的愤怒是冲谁来的了，那通电话恐怕就是白玺童和沈先礼的关系败露。

但沈老太太正乐得看这个未来媳妇如何处理高门大院里的风流债，这个正室梁卓姿是否坐得稳。正好，借刀杀人除了白玺童这个眼中钉。

沈老太太并没有要放走白玺童的打算，反而火上浇油，当着梁卓姿的面，净挑些沈先礼私人的事问及白玺童。梁卓姿如坐针毡，始终攥着拳头，想狠狠扇她几个巴掌。

最后终于在白玺童对沈先礼的事情对答如流的时候压制不住怒火，对沈老太太说："沈伯母，我还有点棘手之事要处理，就先告辞了，改日再来探望您。"

"卓姿你不等先礼回来了吗？我让碧云都炖上汤了，喝一碗再走？"

"不了，不好意思，真有急事。"

"好，那你有空来玩。"

沈老太太亲送梁卓姿到门口，就在白玺童终于松了一口气的时候，突然听到她指着自己说："能不能把她借给我一天？"

"当然可以。"看着眼前两个女孩子的明争暗斗，简直像看到当年的自己，历史总是惊人的相似。

只是当她从当事人成为旁观者，一切都变得有趣，于是她对白玺童说："你跟梁小姐去吧，一定听从梁小姐的吩咐。"

上一次郭伟昌从山顶别墅把她带走，差一点她就遭遇不测。这次，梁卓姿要带自己走，看神情也是凶多吉少。她怎么这么倒霉，难道老天觉得她的苦难还不够吗？白玺童仍寄希望于沈先礼能出面保住自己，他却还在昏天暗地在楼上熟睡。

白玺童甚至都不知道，是从什么时候起，沈先礼对于自己来说竟成了危机来时的保护伞，这山顶别墅，竟成了她觉得最安全的地方。

而外面，每一次她真的离开，都是万劫不复的地狱。

车里相视无话，却停在白玺童的母校H大门口。

"你带我来这里干什么？"

"哼，你不是喜欢有钱人吗？我就让你的同学老师都知道知道你在干什么勾当。"

Part 3 ......

H大西门口的樱花树开了。

以前白玺童是最喜欢和司远森走西门的。

门口一排各具特色的小吃店和摊位，天气好他们就会端着一小盒章鱼小丸子边走边吃，你喂我一口我喂你一口，打情骂俏大秀恩爱。

白玺童这一生没什么好炫耀的，唯有司远森，是她希望人尽皆知的有关于她的事。

但今天，人声鼎沸的西门却注定成为她的噩梦。

被梁卓姿拽着头发拖下车的时候，脸上恰好飘了一瓣樱花。她想，如果这花再多点把自己活埋了就好了。

她眼见着梁卓姿吩咐司机把印有"白玺童，唯利是图，人尽可夫"的条幅贴在学校的各个教学楼和宿舍楼门前。

正值中午下课，所有打算吃午饭的人，看到这些都瞬间打消了填饱肚子的欲望，毕竟吃饭和吃瓜相比，八卦要可口得多。

白玺童有那么一瞬间想一把抓住司机，抢过他手里的条幅一把火烧个干净，也想过对梁卓姿跪地求饶。但她又怎么会不知道，梁卓姿带自己来，意欲何为。

情敌当前，哪能手软。

于是她看到同学们一窝蜂地凑到条幅前，更有甚者挤不到前面，还在后面跳啊跳地想要看清这到底是怎样一回事。还有不少人，自己看了还不够，还拿手机拍下来发到网上。

女生们个个面露讥笑，彼此间使着眼色："真不要脸，想不到我们学校还有这样的人。我要是她，早活不下去了。"

男生们则唾骂道："女人啊，张口闭口跟你谈浪漫谈爱情，最后还不是最喜欢有钱人。"

白玺童就站在他们身后，看着这些素未谋面的校友们对着自己指指点点，竟还觉得有一点好笑。

一向默默无闻的自己，这一次竟成了H大建校以来最大的话题人物，可能这样的关注度，一生也不会有第二次。

梁卓姿听够了同学们的点评，觉得还不过瘾，清了清嗓子，引得大家回头看她。

"同学们，这就是条幅里写的，你们的好朋友白玺童。"说着，她一使劲把白玺童推了个趔趄，晃了三下才站稳。

旁边有女同学说："什么时候了，还装娇弱。"

她没说话，低着头，再大的耻辱也总会过去。

"想不到名校H大也有这样的学生。背地里做的都是什么见不得人的勾当！她啊，专门干勾引人家老公的事情，不择手段地想要攀附上有钱人。"

大家听了交头接耳，眼前这看似乖巧的女孩居然是这样的人。这时人群中还传来了似曾相识的声音，几个认识的同学，不好意思地看了看她，小声嚼着舌根。

"还真是白玺童啊，我说她怎么不上学了，原来是……"

"嘘，别让她听见，毕竟同学一场。"

"真是可惜了司远森了，想不到她是这样的人。"

白玺童可以对所有不实的罪名和嘲讽充耳不闻，但一听到司远森名字的时候，她还是心下一沉，他这温柔的铠甲，这一刻成了易碎的软肋，是她的致命伤。

梁卓姿看到同学们交头接耳，很是满意，让助理把事先准备好的鸡蛋发给大家，助理鼓动着大家给她点颜色，这种败坏校风的人，必须受到谴责。

开始时，还有人下不去手，尤其是男生，还会开玩笑地说："长得这么清纯，别说是有钱人喜欢，我见了也下不去手啊。"

然后就是一片哄堂大笑，不知是谁扔的第一个鸡蛋，只是有了第一个之后，就没有了最后一个。

白玺童的头发被鸡蛋打得湿哒哒地贴在脸上，黏稠状的蛋液顺着鼻梁往下划，经过唇间流进嘴里，满是腥臭味。她不理看热闹的同学，定定的眼神，没有一丝怒气或哀怨，回头望向梁卓姿。

"这下你满意了吗？"

"满意？我满意了吗？这跟你带给我的伤害比，算不上什么，你的丑事，又岂止是这一点！"

说着，梁卓姿干脆把白玺童按着头瘫坐在地上，沾满蛋液的手又不肯罢休地上去就扇了她几个耳光，打得自己手都疼得发麻时终于罢了，捻起助理递上来的湿巾使劲擦拭。

这时，从人群中挤进两个人，白玺童只看得见数以百计的鞋，纷纷给他们两人让了路。

然后她听到一个尖尖的女生激动地说："远森学长，你看，我早就跟你说了她不是什么好人。"

是杨淇悦。

那旁边的人……

热闹的人群一下安静了，静到连蛋液滴在地上的声音都震耳欲聋。

滴答滴答，不知大家在等梁卓姿继续放出爆炸性新闻，还是在等司远森说话。

最后还是梁卓姿不想好不容易炒热的局就这么冷下来，又煽风点火地说："她可不是什么好人，你们这些女生都小心点，她的养父就是个人渣，从小在这种环境里长大，为了钱什么事情都做得出来，特别是勾引男人，管好你们男朋友，说不定之前都跟她不清不楚的。保不齐抱抱亲亲就能换个一顿饭半碗粥的……"

"大胖儿。"

司远森打断梁卓姿的话，这些不堪入耳的话他一个字都不信，就算所有人都唾弃她，他都不在乎，她就是他心里最干净的姑娘，冰清玉洁一尘不染。

他不顾杨淇悦在旁边阻拦，众目睽睽之下扶起白玺童。

梁卓姿还在一旁又纳闷又生气地说："这位同学，你是谁啊，你没听见我说她干的那些丑事吗？"

司远森也不搭理她，脱下自己的外套当作毛巾，小心翼翼地给白玺童擦脸擦头发。她始终没抬头，更没有看他。

他只觉得好心疼，比起坚强冷静的白玺童，他更想哭。

于是所有人都齐齐地盯着司远森看，这个意气风发的学生会主席面对头顶如此青青草原，都能这样呵护备至，又俘获了一票少女芳心。

后来赶来的白玺童的几个室友遣散了大家，只留下司远森、杨淇悦。他什么都没说，只是拉着白玺童的手，想要带她回家，整理干净。

但却被梁卓姿拦住了去路："我不管你们什么关系，我也不管你心有多大，但她是我带来的，就轮不到你插手。"

司远森用从未有过的满是怒气的眼神瞪着她，如果她不是女人，早就会被他拳脚相加，他低吼："你要怎么才肯放过她？"

"笑话，她搅得我和我未婚夫鸡犬不宁，还想我就这么轻易放过她？我要让她求生不得，求死不能。"

许久未开口的白玺童挣脱了司远森的手，像是对待陌生人一样，根本不看他，竟自问梁卓姿："表演完了，可以走了吧？"

司远森没有回头，悬在半空中的手却到处找白玺童的，他想要拉回那个只属于他的手。但怎么寻摸，也找不到。

他回身抱住满是蛋液的白玺童，忍着眼泪，安抚着说："大胖儿别怕，我们回家，我们回家。"

白玺童冲他笑了笑，全然一副没事人的样子，说："我记得，我好像跟你说过，我们分手了。"

杨淇悦在旁边气得脸通红，她曾以为白玺童消失，司远森身边的位子就一定是自己的，但他依然对自己不闻不问，无论怎么示好，他就是毫不在意。

今天一见，这样不堪的白玺童都能赢过自己，打心底觉得好不服气。

她冲到司远森和白玺童中间，大哭着问司远森："我到底哪里不如她好，她这个人尽可夫的破鞋，值得你爱吗！"

"你走开。"

"我不走，今天我就是要弄清楚，为什么一定要是她，为什么我不行？"

"在我心里，你连给我的大胖儿提鞋都不配。"

一向待人有礼的司远森，今天居然说出如此失礼的话，什么教养什么礼数都抛在脑后。事已至此，别人的眼光，他人的评价都不重要，他心里眼里关心的就只有白玺童。

他毫不留情地拨开杨淇悦，安慰着哀求着，柔声细语地对白玺童说："大胖儿你放心，我什么都不会信的。"

"那如果我告诉你，这都是真的呢？"

"就算是你说，我也不相信。就算是真的，我也无所谓。我只要你好好的，在我身边。"

他弓着身子，把头倚在白玺童肩膀上，蛋液进了眼睛，终于让他有理由哭出来。当初白玺童扔下他走向沈先礼的时候，他那么狼狈，也坚定不移地要等白玺童回来。

他笃定她会回来，回到自己身边，一如往常。

同学们都已经散尽各自去吃饭了，只有三三两两出来晚的人路过时，会露出窃笑。那条幅没有了人群的遮挡更加醒目，白玺童知道，这个学校，自己是再也回不来了。

四月末吹起的早春之风还微有凉意，伴着和煦的春风和樱花香，一个男人走进午后最灿烂的阳光里，他玩世不恭地拍着手向他们走来。

笑着说："好一对苦命鸳鸯。"

Part 4 ......

沈先礼一改往日考究的着装，甚至连外套都没穿，只是随便地套上一件居家白T恤和牛仔裤，简单到完全不像是名门沈家的人。

白玺童被司远森面对面抱着，刚好看到沈先礼就这么走过来，即便此刻司远森正伏在自己肩头流泪。

但不知为什么，她看到沈先礼的那一刻，还是有闲工夫想起他就连沈氏股价崩盘那天，也一丝不苟地戴上袖扣。

今天，他又是怎么回事。

这一副模样甚至让白玺童忍不住猜想，他是不是从床上爬起来，一听说自己身陷囹圄，连换衣服都不顾，就飞奔前来解救。

沈先礼，你是来救我的吗？

她和沈先礼四目相对，大概只有一秒，却显得格外长。

直到他笑脸盈盈地走近梁卓姿，对略有紧张忐忑的梁卓姿的额头自然一吻，白玺童才死心地闭上眼睛。

她说："远森，你走吧，别管我。"

这句话声音不大不小，但刚好传进沈先礼耳朵里。他歪了歪头，眯起左眼，手指伸进耳朵里挠了两下，吧嗒吧嗒嘴巴，又露出不屑一顾的笑容。

他这副嘴脸，还真是久违了。

这是第一次，沈先礼和司远森正面交锋，本该上演的是一出情敌相争的好戏，但沈先礼一来便表明立场，一下子局势出人意料地成了小情侣反抗奴隶主的戏码。

"我是她男朋友司远森，我不知道你们之间有什么交易，你说怎么才能放过她？"

"男朋友？那你问问她，我是谁？"

"我不需要知道你是谁，你是谁不重要。"

"可以啊年轻人，真是初生牛犊不怕虎，后生可畏。"

没人敢这么跟沈先礼说话，此前能跟他搭上话的，哪一个不是非富即贵，巴结沈家。至于不知道他沈先礼大名的，恐怕也近不了身。

当听到司远森这么说，他忽然有些许欣赏和兴趣，如果他不是和白玺童有关的人，收为己用也说不定。

沈先礼走上前，和司远森面对面站着，白玺童在一边看着他们像两座大山一样挡住了太阳，她从来都不想把司远森扯进来，此时更担心会为了自己得罪了沈先礼。

她坚持说："远森，你走吧，我求你快走。我的事不用你管。"

但司远森这时哪听得进去，明知前面是火坑，岂能眼睁睁看着白玺童跳进去。他刚想跟沈先礼说什么，却被沈先礼抢了先。

沈先礼狡黠一笑，冲着他挑衅："不知道这位小男朋友，尝没尝过自己女朋友的滋味。哦对，我怎么忘了，明明是我亲启拆的封条。"

"哐"的一拳，司远森满腔的愤怒聚集在这拳头上，重重地打在沈先礼的脸上。他不管他是谁，哪怕他再怎么势力通天，就算搭上半条命，他也绝不能让别人这么侮辱白玺童。

沈先礼居然被打了，一旁的梁卓姿吓得尖叫，赶忙叫来助理和保安，并且兴师动众地声称要叫来特警部队。

梁卓姿的司机一个箭步上前，简单几下的擒拿术就把司远森牢牢制服，用胳膊肘抵着他的背，让他不得不弯下腰来。

但即便如此，司远森还是狠狠地盯着沈先礼。

另一边的沈先礼被梁卓姿抚着刚被抢过的脸，定了定神，对司机说："放开他。"

司机不知所措地看着梁卓姿，不知该听谁的命令。直到梁卓姿给他使眼色，他才放开擒着司远森的手。

"你为什么这么对她？如果你爱她，为什么不保护好她？如果你不爱她，何必伤害她？"

这一次白玺童没有阻止司远森说话，这句话一直都是她心中得不到答案的疑问。

就在沈先礼沉默之际，电话适时响起。

"您好，梁总。"

"小沈总啊，多有打扰。"

"哪的话，我正准备处理完手头的事情就打给您呢。一轮融资的钱，CFO说已经到公司账上了，亏得您出手相助，情况已经有所好转。"

"小沈总客气了，咱们一家人不说两家话。今天是卓姿生日，一大早就没影了，怎么打电话都不接，我这才问问看，是不是和你在一起。"

沈先礼一面规规矩矩地接着梁文涛的电话，一面看了梁卓姿几眼，在几声客套的往来之后，把电话转交给梁卓姿。

待梁卓姿也挂了电话，沈先礼对她说："那就先这样吧，梁大小姐大寿怎么能在这里浪费时间生气。"

她不合时宜地撒起娇来："要不是我爸的电话，你都不记得今天是什么日子了吧。"

"怎么会，我一早上去后山，就是为了亲自给你猎只野山鸡，家里都炖上了。"

梁卓姿听了心花怒放，她一大早跑去沈家兴师问罪，别说沈先礼，连自己都忘了今天是生日。看见沈先礼把自己这么放在心上，白玺童的事情气已经消了一半了。

两人一边聊着怎么庆生，一边往沈先礼的车那边走。走着走着，沈先礼假装不经意地回头，发现白玺童没跟过来，打断了梁卓姿的聒噪，喊了声站在原地的白玺童。

"那边发呆的小姐，你在那傻站着，是为了让身上的鸡蛋变成荷包蛋吗？"

白玺童没说话，司远森把她护在身后。

"少年啊，想英雄救美，先回家问问你爸妈有没有五十万。她可是三年的保洁工作没做完呢。"

五十万，白玺童以为能换来自己和白乐萍的自由，却想不到非但没能救她，白白便宜了白勇不说，如今一纸契约，成为自己一副坚不可摧的手铐，永难挣脱。

她从司远森身体的阴影里走出来，对他说："不用担心我，我没事。也别想着救我，就当我死了吧。"

她乖乖地钻进沈先礼的车，听见司远森远远地喊了一声。

"等我。"

一路上梁卓姿叽叽喳喳计划着庆生会，沈先礼温柔地应付着。他偶尔趁梁卓姿不注意，从倒车镜偷看白玺童两眼，有几次他们眼神对上了，白玺童咬着牙就那么盯着他，直到他把视线收回。

在车后座，白玺童听着他们的甜言蜜语，报复似的把自己身上的鸡蛋液狠狠抹在车座上。

他们重回沈家，刘碧云先看到满身蛋液狼狈不堪的白玺童，虽然时至今日她仍然不喜欢这个女孩，但还是出于人道主义关怀上前搀扶住她，还问了声："怎么出去一趟，搞成这样。"

沈先礼和梁卓姿在她前面走着，假装没听到。进门就舒舒服服地坐在沙发上。

就在刘碧云正要拉着白玺童上楼清洗的时候，梁卓姿突然发话。

"慢着，我们的事还没完。"

刘碧云一看，这是白玺童惹到了千金大小姐，赶忙出面替她解围："梁小姐，您看，能不能先让她清洗干净了，你们再谈？"

"你是谁啊？还轮不到你来管我。"梁卓姿根本不给刘碧云面子，转头对白玺童吼道，"说你呢，没听见吗？给我过来！"

沈先礼靠在沙发上闭目养神，不想管女人之间的争斗，假寐着不想说什么。

于是白玺童湿哒哒地按照梁卓姿的指令走过，揣度着梁卓姿还会怎样的不依不饶。

"别一副好像我欺负你的样子，装可怜给谁看！"梁卓姿从牙缝里挤出这句话，暂时还摸不清沈先礼对白玺童到底有几分情义，不敢太造次。忍着没上巴掌招呼她。

她明白，白玺童不过是随手就能捏死的蚂蚁，关键在于沈先礼。

梁卓姿知道沈先礼并没睡着，凑过去嗲声嗲气地晃了晃他，看到他睁开眼睛，便开始控诉起来。

"先礼，我不喜欢这个用人，她对我出言不逊，我还听说她来这里做事目的不纯，我可不想在你身边留这么一个对你居心不良的人。"

白玺童一听觉得说不定会因祸得福，便说道："既然我留在这里会碍到梁小姐的眼，那不如放我走好了，之前预支的工资，我会想办法还给沈家。"

正在梁卓姿犹豫之际，沈先礼突然说："哟，真聪明，怎么我们都想不到这样的处理方式呢。你既能全身而退，又等于借了个无息贷款？"

梁卓姿被沈先礼这么一说，也觉得不行，她岂能就这么轻易放过白玺童，她必须要杀鸡儆猴，借此机会让这房子里和白玺童一样对沈先礼惦记的女人们都收起她们的痴心妄想。

梁卓姿说道："让你走，是一定会的，只是……不能你说去哪都去哪。既然和沈家有约在身，容易，转出去就好了。等我叫来朋友们，看谁觉得你能'清扫'得好自家的房子，就领了你回去，好好'干活'。"说罢，她转过头来还是要征求他的同意，"先礼，可以吗？"

"当然，简单的劳工转让而已。"

梁卓姿起身走到白玺童身边，得意地欣赏着自己的杰作："那就择日不如撞日吧，刚好今天我生日朋友们都会到场，看谁不嫌弃……我是多一天也不想再见到这个人。"

而她早就在私下里叮嘱这些人，无论谁带走了白玺童，都一定要让她不得好死。

Part 5 ......

沈先礼素喜清净，别说是Party，就连拜访也是严格限制，如果不是梁文涛的注资关系重大，别说是区区生日，哪怕是她的葬礼，恐怕沈先礼都不会允许这样。

书房里，近日来愁眉不展的洛天凡终于一展笑颜，倚着桌子，而沈先礼舒展地坐在沙发上。楼下喧闹的嬉笑声成为他们的天然屏障，他们不再担心隔墙有耳，说起话来都轻松不少。

"少爷，现在集团的危机基本解除，有了梁文涛的注资，又加上和梁家联姻的传闻，咱们泛海船运、华信电讯这两支股票已经连续三天涨停板。"

"梁文涛后面两笔转款什么时候到账？"

"最迟下月五号。"

"还有二十天啊。"

洛天凡看到沈先礼有气无力地感慨天数长，打趣他："恐怕您还要再多应付梁大小姐二十天。"

"梁文涛怎么会有这样的女儿。"

"出身金门，自然一身骄纵，你看这楼下大厅里来的这些，哪一个不是含着金钥匙的獐头鼠目。"

"是啊，所以说我最受不了这些人。"

"少爷您就不考虑一下真的让梁卓姿当沈夫人吗？从公司角度考量，这门联姻确实是稳赚不赔的买卖。"

沈先礼在沙发上直了直腰，拿起茶几上嵌着鸡血红宝石的四方鎏金盒，从里面拿出一支雪茄点上，足足地抽了两口。

这道理他岂会不知道，以梁家现在在H市的实力，无疑是唯一能配得上沈家的名门，如果两家结为秦晋之好，将会变成最大的利益集团，以后也会是他得力的帮手。

洛天凡像是能看透人心一样，遂而问道："白昆山和梁文涛，您打算怎么选？"

"谁也不选。"沈先礼把自己的脸藏在了吞云吐雾背后，倏地有了灵感，高兴得连忙把雪茄按灭，"我选白昆山的女儿。"

"要慎重，要慎重，棋出险招，剑走偏锋，是有风险的。"

即便洛天凡如何分析利弊，沈先礼已经沉浸在这一绝妙的计划里，一石二鸟的利益诱惑太大了。

"那梁家这边怎么交代？现在您和梁小姐的婚事，已经人尽皆知。如果悔婚，梁家不会轻易善罢甘休。即便注资到账，我们前有白昆山，后有梁文涛，也是腹背受敌。"

"白昆山这两天有什么动静？"

"似乎没再对于H市的生意动手，听说被什么事耽误了，回国的行程也暂时取消，还没说会延迟到什么时候。"

"这么说，他是打算就这样放过我了？"

"看似如此，大概也只是想给沈氏一个下马威，吓吓其他人。"

如果洛天凡所言属实，那确实给了沈先礼缓过来的机会。

"下一步您有什么打算？"

"既然白昆山给了我们攘外必先安内的时间，那就别辜负他老人家一番好意。"

"您是说？"

"吞了梁家。"

中途祝小愿来请了三遍沈先礼，都被打发了。客人都到齐，无一不打趣男主人在哪里，眼看着定的生日宴会开始的时间剩三分钟就到了，没办法，梁卓姿只能不顾身份，自己跑来书房。

纵然沈先礼万般不屑，也换上了宠爱有加的样子。

他们从楼梯上下来，几个小时之内，楼梯就被布置得大变了模样，鲜花彩带把原本的扶手包得像木乃伊似的。

沈先礼站在台上，向来宾举杯，望着被粉饰得面目全非的大厅和人，那感觉就像龙王的水晶宫里，挤满了虾兵蟹将。

但梁卓姿很开心，尤其是看见有几个曾与自己竞争的情敌面露妒色，更是心下一爽。

助理拍马屁地提议："祝沈夫人生日快乐。"

这逼宫的节奏，就是让沈先礼当着众人面让梁卓姿坐实了名分，台下都在看着沈先礼的眼色，鸦雀无声。

他微微笑了笑，点到为止与梁卓姿碰了碰杯。

以为这是默许，众人异口同声大喊："恭贺沈夫人新喜。"

那晚，沈先礼和梁卓姿跳了开场第一支舞，他们在舞池中央被华丽的灯塔照着脸庞。其实梁卓姿并不难看，虽然不是五官清秀型，但贵气十足。他们在一起是再合适不过的金童玉女，珠联璧合。

欢饮达旦，沈先礼耐着性子陪这些小毛孩，听着不好笑的笑话，拥着不讨喜的未婚妻，酒入愁肠，他这戏演得真没劲。

很多人已经东倒西歪了，梁卓姿可还清醒着呢，今晚她还有一件大事要办，现在正是时候。

沈先礼连日来对她的言听计从已经让她越俎代庖，全然忘记了沈先礼的颜面，用甜品勺一路敲着酒杯，摇摇晃晃地走上五级楼梯，命人关掉音乐。

"大家静一静，下面，还有一个人我要给大家介绍。沈家的用人，素来以'勤奋'著称，不过她实在是太过'努力'，让我觉得不能得了这么厉害的用人独独为沈家所用。所以谁若是觉得自家的房子里缺这么一个'精明能干'的用人，我们很愿意拱手相让。"

下面的宾客早就收到了梁卓姿的知会，虽然她没明说，但在这深宅大院里，能让未来女主人这么扫地出门的，还会因为什么事，分明就是在为自己以后在沈家扫除障碍。

几个男人交换了下眼神，对白玺童和沈先礼的关系心知肚明，一面是受人之托，要帮梁卓姿的忙，一面是惹不起的沈先礼，真是左右为难。

他们朝前面望了望，白玺童已经被推到正中间，身上依然是白天的蛋液，没有梁卓姿的发话谁也不敢放她去清理，而那些鸡蛋经过一天的发酵，味道更是难闻。

梁卓姿表现出对她的嗤之以鼻，又见下面没有半点动静，便再次暗示几个提前交代好的朋友，从牙缝里挤出话来："李正轩、杜逸豪、孔婷菲……你们家里我觉得都像是很需要用人的样子啊，免费的劳动力，还不快带走？"

她像被待宰的羔羊，听天由命。

几人扛不住压力，在下面一再推让，最后那个叫杜逸豪的人心惊胆战地举起手，看向沈先礼，颤颤巍巍地说："那就去我家吧。"

沈先礼表现得满不在乎，他这才放下心来。

大功告成，梁卓姿如愿以偿，聚会也到了尾声。等人群散尽，杜逸豪还不忘要带走白玺童。这可是梁卓姿交代的事情，他可不能办砸了，特别是看了沈先礼也没有阻拦之意，心想大概这差事也是好办的。

可当他准备带走白玺童时，碧云姐却把白玺童护在身后，哪怕自己只是上不了台面的用人，但出于对白玺童的担心，她还是不合礼数地问他："你不会对她怎么样吧？"

杜逸豪看着梁卓姿已经离开，自己收拾这烂摊子，实在是不想节外生枝，就糊弄着点点头，想快点把白玺童带走，至于后面是生是死，他才管不得那么多呢，梁卓姿说怎么办就怎么办好了。

眼看着他就要去拉住白玺童，不知在何处的沈先礼悠悠地笑着说："杜家是快不行了吗，都要让杜公子来我沈家捡个女佣回家干活？"

杜逸豪听到沈先礼的话吓得一身冷汗，他可不想蹚这浑水，忙道歉说："小沈总您别误会，这……这不是我本意，实在是梁小姐她……我也是没办法。"

沈先礼走下楼来，拍了拍他的肩膀，看似轻松又不容置辩地说："人你不能带走，但话你要说到。什么该说什么该做，你还明白吗？"

"明白明白，我会跟梁小姐说人已经处置了，不会走漏一点风声。"

说完就屁滚尿流地跑掉了。

刚刚还人声鼎沸的大厅只留下一片狼藉。用人们被碧云姐拦下各自退去，静悄悄，只剩下沈先礼和白玺童。

他用干净的毛巾一寸一寸擦拭着她身上的蛋液，沈先礼轻抚一下，想问她疼不疼，哽咽着又忍住没说。

他解开绑住她手脚的绳子，抱起她，如临天下的君王那般，不疾不徐步步坚定走上楼梯。

梁卓姿，梁文涛，梁家，我不会放过你们。

他小心翼翼地把她放在床上，白玺童的眼睛噙满泪水，睁得圆圆的，却不眨眼，只等眼泪自己夺眶而出。

她不说话，像受了惊吓的小鸟，蜷缩着身体，不闹，却乖得可怕。

沈先礼蹲在她面前，想要摸摸她的头。

她却突然吓得连连后退，激动地用被子把自己裹得死死的，等沈先礼把被一扬，她跪在床上，搂住沈先礼的腿精神错乱地号叫着。

"爸，爸我错了，你别带我去。求求你放过我吧，求求你放了我……"

Part 6 ......

在沈先礼的印象里，白玺童好像是个嘴硬的女人，无论是最初自己对她欺凌的时候，还是梁卓姿在大庭广众对她羞辱，她都没有一点求饶的意思。

但此刻，她却溃不成军，跪地求饶。

出乎沈先礼的意料，此前那么多大打击她都能承受得住，现在这是怎么了？

他坐在床边凝望着她，屋子里只有地灯开着，昏暗的灯光下显得更加脆弱可怜。

他向她伸手过去，可哪怕他还没触碰到她，她就不断地往后躲，直到靠到窗头，退无可退。

白玺童看着沈先礼，嘴里却全是失了心智般的胡话。

一会儿喊着"爸，你别打我了，都是我的错，我下次不敢再犯了，不敢再惹你生气了……"

一会儿又不知道在跟谁说话似的，对着空气哀求："姐，姐你没事吧，救救我，我好害怕。"

沈先礼见她这样，一下子想到她的主观幻想症，不知是不是刺激引发病情加重。

他拨通了电话，问道："宋医生，您方不方便过来一趟？"

一个小时后，宋沛菡来到山顶别墅，看着犹如惊弓之鸟似的白玺童，欲言又止。

以现在白玺童的精神状态，根本认不出她曾是自己流产后假扮照顾过自己的护士，依然拒绝任何人接近自己。

沈先礼询问宋沛菡："怎么样？"

"我们出去说。"

宋沛菡是沈先礼的高中同学，一向交好，如果不是这层关系，她也不会冒着被吊销医生执照的风险帮他做有违医德的事。

"她刚刚经历了什么？很明显是受了刺激。"

沈先礼不知道该如何解释，没有作声。但宋沛菡坚持要充分了解白玺童，才能找到症结。

于是从童年阴影到今天的经历，沈先礼有选择性地略过自己的那部分，只讲了跟她本身有关的。

宋沛菡给出了专业判断："之前通过了解，我发现她有轻度主观幻想症，不过这个病情是在她小时候。也就是说，在她童年期间，无论是心理还是智力都是成长期，难免会造成记忆偏差。"

她端起茶杯，润了润嗓子，又说："这其实是很多孩子都会有的小毛病，随着年纪的增长，身体各项体能趋向正常，症状就会减弱，直至消失，但……"

"但我让你给她用药，把她弄得更加严重。"宋沛菡吸了口气，招供了自己的罪行。

"是的，自从她上次入院，如果她按照之前我开的药持续服用，出现今天这种状况是早晚的事。只是一般情况下，预估时间大概是半年之后，没想到今天受了刺激让发病时间提前。"

宋沛菡知道自己这位老同学是干大事的人，但她实在想不通一个小姑娘有什么用处，何以要用如此手段来操控她。

"先礼，上次你没有告诉我为什么要这样害她，你到底有什么苦衷和用意，现在也还是不能说吗？"

"不能。只是不管你信不信，我是在为她好。"

"病人的情况不可控，如果出现意外，她甚至会失了心智。今天就是最好的预见。这就是你想要达到的效果吗？"

沈先礼苦笑着说道："也许吧，起码比她知道真相要来得好。"

"那现在怎么办，治还是不治？如果不给她吃药，现在就能让她保持这样，不出一个月，她就会成为广义上大家理解的精神失常。"

"现在还不是时候，你还是让她清醒过来。"

宋沛菡叹着气，重新走回白玺童的房间，强行给她打了一针镇静剂。然后配了点药，嘱咐沈先礼让她遵医嘱服下。

临走又于心不忍叮嘱沈先礼："如果能找到别的解决办法，尽量放过她吧，毕竟是一条人命。"

沈先礼应着，亲自送她出门，然后又坐回白玺童的床边，看着熟睡的她。

清晨白玺童醒来，居然发现沈先礼衣着整齐地倚着床边睡着了，昨晚发生了什么她浑然不知。

她努力回想，记忆好像只停留在她被蒙着眼束缚着进入了一个人声嘈杂的环境，可那之后，又像是回到了小时候，被白勇威胁着要扔进海鲜货车里，一顿毒打。

想到这里，她的头好痛，捏着太阳穴，也怎么都解释不通，像是一场噩梦。只是现实呢？究竟是怎么一回事。

她打开窗透透气，风鱼贯而进，吹得沈先礼打了一个冷战，醒了。

他看着白玺童的背影，问她："你没事了吗？"

白玺童回过身，反问他："我出什么事了吗？"

沈先礼站起身拥住她，像是老人，连呼吸都带着疲惫。

"没什么，你昨晚只是晕过去了。现在还有感觉到哪里不舒服吗？记得什么？"

"只觉得做了好长的梦，梦到白勇和小时候。但我好像又觉得那不是梦，好真实，可我又不可能回到过去，是不是？"

"别想那么多了，再睡会吧，你需要休息。"

然后沈先礼正打算离开她房间，被白玺童问住："我是不是幻想症犯了？"

"是啊，早就告诉你了，你是个精神病。"沈先礼强装嬉皮笑脸的样子看了眼白玺童，就径直出了门。

留下白玺童自己整理思绪。

记得白天听梁卓姿说要收拾自己，她现在人呢？会就这样善罢甘休了吗？

为什么主观幻想症昨天突然就犯了？

自己难道真的如沈先礼所说，有这种精神疾病吗？

沈先礼，居然会在自己床边守了一夜。

……

这种种的疑惑和忧心忡忡让白玺童好揪心，她想起很多年前看过的一个电视剧，那感觉就像电视剧里演的一样，脑中仿佛有一个橡皮擦，让记忆断了篇。

如果真能如此，她真希望把长久以来的不快和悲惨都擦掉，一点都不留恋。

白玺童又睡了一会，起床下楼的时候已经是午饭时间了，沈先礼出了门，房子里就显得空空荡荡，她端坐在桌前吃下沈先礼事先吩咐刘碧云炖的甲鱼汤。

一切看起来一如往常，但不知是哪里出了问题，她又下意识觉得大家看她的眼神都怪怪的。

不过算了，她猜想肯定是昨天自己发病时出了什么洋相，她们大概都在背地里说自己是精神病，无所谓了。

梁卓姿再来山顶别墅是半个月后的事。

这两周内，白玺童每天昏昏沉沉的，就只是吃了睡，睡了吃。很少见到沈先礼，每次打一个照面都感觉他风风火火像是有很多事情要办。

直到今天，是沈先礼和梁卓姿订婚的日子。

梁文涛爱女心切，为了让女儿如愿以偿，以最后一笔注资为筹码，让沈先礼完成和女儿的订婚仪式。

沈先礼孤注一掷为了让沈氏集团起死回生，其实更是为了对梁家下手，硬着头皮应下了。

但借口不喜欢媒体炒作，就约定好消息封锁，也不大肆举办，为私密性，只在沈家山顶别墅简单操办一下即可。

梁文涛虽然不满宝贝女儿这么重要的时刻要如此草草了事，但无奈梁卓姿恨不得马上就嫁过去，担心夜长梦多，忍气吞声答应了沈先礼的要求。

山顶别墅张灯结彩，一团祥和之气。距离上个月梁卓姿在这里开生日Party才不过十几日，如今又热闹起来。

用人们虽然比平时更忙碌，但梁卓姿出手阔绰，上下打点没少给她们小费，看在钱的分上，每个人都感恩戴德，喜不自胜，恨不得每周都举行这种Party才好呢。

说是订婚宴，其实不过就是两家人见面，吃顿便饭，商量商量婚事。

沈老太太本就对梁卓姿的家世满意，所以当沈先礼提起订婚的时候，她笑不拢嘴，一直说："早该如此，早该如此。"

待见了梁文涛，沈老太太更是如老友久别重逢般招呼着他，两人聊起沈老先生还在世时的往事，追忆年华易逝。

寒暄过罢，四人入席，只留一个用人等候差遣。其他人退去，白玺童则从始至终都没露面，像不存在一样，躲在自己房间里玩游戏。

他们在一起把酒言欢，商议着婚期，更对未来沈梁两家的结合描绘起美好的蓝图。

末了，梁文涛拉着沈先礼，把梁卓姿交到他手里，义正词严地说："我只有这么一个女儿，今后就交给你了。以后我们两家，就是一荣皆荣，一损俱损了。"

沈先礼也虚情假意地表起忠心："您放心，我一定会好好待卓姿。更不会忘记在我沈家为难之时，是梁总出手相助。"

沈老太太在一旁打趣："还梁总，该改口叫爸了。"

大家笑做一团，看起来，是翁婿和谐的美好画面。但背地里沈先礼却从未有一刻耽搁，在积极地挖着梁家的墙脚，等着大厦坍塌之时。

楼下推杯换盏，楼上却惊爆出一个大消息。

不知是谁匿名发了一段视频给白玺童，拍摄地点就是山顶别墅，而视频里，是白玺童那段消失的记忆，记录着那晚她经历了什么惨绝人寰的对待，沈先礼又是怎么眼看着别人对她虎视眈眈而袖手旁观。

这还不算什么，视频后面，是沈先礼和宋沛菡的对话，每一个字她都听得一清二楚。包括沈先礼亲口说出的那句："我让你给她用药，把她弄得更加严重。"

所有的温柔和关怀原来只是南柯一梦，他始终不肯放过她。

沈先礼，我要让你血债血偿。

第六章
扬眉吐气

Part 1 ......

即便消息封锁，但第二天H市的媒体依然以霸屏之势报道着沈梁两人订婚的新闻。

此消息一出，最欢天喜地的就是一个月前还哭天抢地的股民，手里的股票一夜间触底反弹，成就了不少百万富翁。

市民大有讨论当年威廉王子和凯特王妃的热情，街头巷尾无不热议。而做了多年灰姑娘美梦的花季少女，心碎一地，眼睁睁被门当户对打倒。

订婚宴后，梁卓姿迫不及待地就想搬进沈家，但梁文涛碍于大富之家的名声，说什么也不肯。

虽然梁卓姿没能如愿住进来，但沈家上下无人不晓这是未来的沈夫人，她犹如得到通行证一般，出入山顶别墅再不需要报备。

如此一来，白玺童就要无时无刻地躲着她。

白玺童心里清楚，她不可能会接受自己的存在，别说她是千金大小姐，哪怕是寻常人家的新婚妻子，也绝对不可能允许在自己眼皮底下，有一个女人和自己的未婚夫暧昧不明。

但自从订婚宴那天她看到那个视频，沈先礼竟会如此害她，顿时让她心生恨意。

如果说之前他害得她没了孩子，是为了自保，她能理解。但她一个手无缚鸡之力的女子，何以让他要这样置自己于死地，她想来想去，依然不能帮他找到任何借口。

他不仁，就别怪自己不义。

既然她走不出这牢笼，那么就要让它灰飞烟灭。

既然她面对沈先礼无力反抗，那么就要借刀杀人对付他。

每天早上十点都会有用人送来几粒药给她，非但如此，还要监督她喝下才肯走。

起初她们骗她是因为流产手术需要后期再吃些药保养，但后面她越来越觉得不对劲，距离上次手术已经大半年，什么病也无须再用药物维持了。

她还猜测过是不是避孕药，免得再节外生枝。

但如今想来，原来都不是，即便沈先礼是如此惨无人道地对她，在她心里还是把沈先礼想得善良了，也对，他怎么会顾忌自己的死活呢。

他只是要眼看着自己如何一步步走向毁灭。

白玺童夜半无人时躺在庭院的花田，沈先礼曾说过他们的孩子就葬在这里，但她知道自己的孩子正身首异处不知所踪。

有朝一日，她定要沈先礼为亲生骨肉和自己所遭受的磨难陪葬。

沈先礼，我不会放过你。

她在谋划一场出逃，最好还要搭上沈先礼的半条命，才算了结了心头恨。

但眼下，在一切未筹谋好之前，她要做的就是卧薪尝胆，让沈先礼疏于防范，找到可乘之机。

而有一点，她手到擒来就能让沈先礼不得安宁的，正是挑起梁卓姿这团火。

一山容不得二虎，白玺童就是要看看在这栋山顶别墅，沈先礼是要如何摆弄好两个女人。

梁卓姿不请自来已经是寻常事，有时清晨，有时午后，但无论什么时间，她唯一不会做的事，就是在这里过夜。

让白玺童有了可乘之机。

白玺童的存在，梁卓姿越是在意，白玺童就越能利用这一点，让她妒火攻心。

白玺童特意选在梁卓姿端坐山顶别墅的时候，衣冠不整出现在她面前。当她娇艳欲滴地面泛红晕站在那里，这一夜发生过什么，昭然若揭。

临出卧室门的时候，她故意把沈先礼种在脖颈的草莓印露出来，这被梁卓姿看在眼里，简直就是挑衅战书。

但白玺童正是希望如此，她妩媚地挪着步，即便早晨不施粉黛的素颜，因着年轻貌美依然把精心打扮过的梁卓姿，碾得渣都不剩。

梁卓姿看着放光的落地玻璃墙，她们简直判若云泥。即便二十八的年纪也算不上人老色衰，但最怕对比，就相形见绌了。

经过上次的生日会，梁卓姿以为已经借他人之手去除了这个眼中钉，怎么白玺童还会安然无恙地在这里，还和沈先礼纠缠不清。

她自然是知道这定是沈先礼插手，但大婚将至，她不想再和沈先礼起冲突，只得暂做容忍。好在名门里她早就对这样的事情见怪不怪，既然沈先礼有意留着她，那她就姑且睁一只眼闭一只眼，等她成为真正的沈夫人再收拾她也不迟。

她要的是正宫的地位，至于这些花草，早晚会根除。

所以她并没有之前那么跋扈，只厌烦地命令身边的助理让白玺童从自己眼前消失。

白玺童可不管，非但不走，还一屁股坐在梁卓姿旁边，一脸无辜像是受了什么委屈似的。

她对梁卓姿说道："我好累，真是站都站不住。晚上还要工作，白天还让我干什么活。你说他多欺负人。"

"晚上还要工作"这句话真是刺耳，她在这个家里是为了什么而存在的，梁卓姿又岂会不知。没想到她不追究，却遇到有人蹬鼻子上脸。

"没人问你，你不知廉耻，还好意思在我这儿说。"

"也对，像我这种苦恼梁大小姐肯定是没有的。你这纤纤玉指，白天也不用做家务，都有人伺候着。晚上……你也乐得清闲。"

"你说什么！"

"难道我说的不对吗？"

啪，就是一记响亮的耳光，白玺童对这一巴掌并不陌生，不日之前校门口的羞辱历历在目，她抬起头，也不恼，就是要把她气得歇斯底里才好。

但白玺童还不肯罢休，又说："是我杞人忧天了，沈先礼可从来没有说过敢让梁大小姐吃这苦头，您天生就是金枝玉叶，谁敢动您不是？要不怎么都三十了，还这么干干净净。"

真是一大早上平白添了这窝火的气，谁敢跟梁卓姿这么说话。她最后一巴掌手起掌落之时，恨不得让人杀了眼前人。

白玺童摸了摸被扇到红肿的脸颊，瞬间换了副面孔，写满了睚眦必报，恨恨地说："你猜吃惯了布丁的沈先礼，会不会对你这块老到掉渣的豆腐下得去嘴。"

梁卓姿被白玺童好一顿羞辱，却又对前来询问的沈老太太羞于开口。她这一刻才不管这个丫头是沈先礼什么人，今天就要让她死无葬身之地。

任谁也拦不住她，她揪着白玺童的头发就往茶几上撞，白玺童只觉得头被撞得生疼，脑子里全是嗡嗡嗡的轰鸣声。几下之后她看到鲜血从额头流下来，干活的用人们大声尖叫。

而这时沈老太太上前企图拉住梁卓姿，被已经气炸的梁卓姿一个反手，不小心推倒在地。

众人见了更是惊慌失措，一下子全部涌上来，生怕沈老太太有什么闪失。

这时，沈先礼从二楼下来，正好目睹了梁卓姿跋扈地一边把白玺童撞得头破血流，一边又冒犯了沈老太太。

他低吼一声："你在干什么！"

然后冲到沈老太太面前，关切地问："妈，您没事吧？"

梁卓姿这才恢复了理智，意识到刚刚自己失了态，赶忙过来扶起沈老太太，连声道歉，说自己不是故意的。

安顿好沈老太太休息，沈先礼神色凝重地看着伏在地上的白玺童，问梁卓姿是怎么回事发这么大的脾气。

助理把这一系列经过和盘托出，但白玺童一脸无辜地看着沈先礼。凭沈先礼对白玺童这一年多的了解，也深知白玺童对自己的态度，她怎么可能为了争宠而触怒梁卓姿。

惯性思维让沈先礼把这当成一场女人的嫉妒心引发的血案，敷衍了几句草草了事。

一旁的梁卓姿想不到自己遭受如此奇耻大辱，沈先礼竟然无动于衷，咆哮着质问沈先礼："这个女人，你必须马上让她走，我不可能允许我未来的丈夫在我眼皮底下偷腥！"

沈先礼不当一回事地回答着："不偷腥，偷你啊？"

梁卓姿从没听过男人对她说这样的话，一时不知怎么回答，只磕磕巴巴地顾左右而言它。

沈先礼一笑，不就是老处女思春的事吗，好办。

于是他抱起梁卓姿就近进了一间卧室，把她放到床上，她紧张得呼吸都不顺畅，以为沈先礼这就会要了她。

但谁知，沈先礼刚看到她的脸，就想起昨晚云雨中的白玺童，瞬间对眼前的女人下不去手。

梁卓姿见他这样逢场作戏都不愿意，自觉得没了颜面，夺门而出。

她走后不到十分钟，沈先礼就接到梁文涛的电话，勒令他尽快处理了白玺童，这样欺负他女儿，休怪他出尔反尔，停止最后一笔对沈氏的注资。

白玺童看着他面露难色，擦了擦额头的血渍，灵光乍现。

好戏才刚刚开始。

Part 2 ......

接连三天，梁卓姿都不接沈先礼的电话。哪怕他登门谢罪，她都避而不见。

这是从来没有过的事情。沈先礼硬着头皮，想尽办法也要哄这千金小姐开心，沈氏在资金链上好不容易正常运转，没了梁家最后一笔注资，势必会大受影响。

更何况，洛天凡现在正在秘密进行对梁家的清算，若此时反目，定会让他起疑心，注意到后院起火。

终于求得梁卓姿原谅，更是允诺一定在一个月内把白玺童扫地出门。梁卓姿这才同意和好，对梁文涛那边也算是有了交代。

但沈先礼回家后却没有任何动作，一个月的时间，要在H市扫地出门的，恐怕是梁家才对。

在吞并梁家这件事上，江峰帮了大忙。

自从四月份沈氏出事，江峰赶来救火，等到白昆山这边刚见收手，风平浪静之后，沈先礼又对梁家虎视眈眈，依然仰仗于江峰在东南亚的势力。

就在沈先礼对梁卓姿假意示好的时候，江峰飞回新加坡，不声不响地集结了当地的几个财阀，密谋抄掉梁家的盘。

梁家以航空业起家，时至今日依然是他的命门，而江峰的新加坡团队正是要攻其要害，新港航空、亚太航空、太平洋航空、天颂航空等十家航空公司携手进军中国市场。

团队整装待发，等待沈先礼一声令下，就会发布联合增机降价的活动，击垮梁家。

沈先礼稳坐家中，只等梁家重蹈沈氏的覆辙，而他则坐收渔翁之利。

眼下，还不是时候，他们等待的时机，正是梁文涛最后一笔注资到账之日。

在此之前，无论是对梁卓姿还是梁文涛，他都要装作若无其事，俯首称臣。

他陪着梁卓姿游山玩水，听之任之，就算面对她那些狐朋狗友，他也都表现出极大的耐心。而且以往那些走得亲近些的女伴也再无来往，看起来完全是模范未婚夫。

梁卓姿二十八年只为沈先礼情窦初开，一朝如愿，一步登天。

那两周，她被他捧到天上，高兴得忘乎所以，恨不得向全世界宣告自己就要嫁给心中的王子。如果说此前梁家千金的身份让她沾沾自喜，那么今日沈夫人的名号就令她飞上云端。

然而她不知道，沈先礼每每白天对她呵护备至之后，回家都倍感恶心，夜晚便会对白玺童更加疯狂地掠夺，像是对身不由己的报复。

白玺童不在乎，是宠爱是凌辱，对她来讲也一样是卧薪尝胆罢了。

一次不知是梦话，还是自言自语，沈先礼悄声说了一句："我一定帮你报仇。"

白玺童笑了，在黑暗中笑得讳莫如深。

我会报仇的，梁卓姿和你，我都会狠狠扇回去。

这一天还是来了，沈先礼包下H市最高楼的顶层餐厅，名为"天空之境"。

他出手阔绰，只为与梁卓姿共进晚宴。他深情款款向她邀约："卓姿，今天是我沈氏起死回生的日子，我要与你一起见证沈氏集团的新纪元。"

梁卓姿激动万分，以女主人的姿态走进这"天空之境"，君临天下，以为这H市未来的倾城财富，是沈先礼许给她的聘礼。

她笑靥如花，依偎在沈先礼身边，矜持地说："先礼，能和你如此，夫复何求。"

而这时，沈先礼正等着一个电话，当电话响起，他听到对方向他汇报注资到账的时候，第一次吻上梁卓姿的额头，看着她一脸娇羞。

他对她说："你的死期到了。"

"先礼，你说什么？我没听清。"梁卓姿听清了，但她怎么也想不到在如此你侬我侬的时候，沈先礼会说出这句话，理所当然当成是自己听错了。

沈先礼看着她的眼睛，一字一句地重复一遍："我说，你的死期到了。"

梁卓姿大惊失色，推开沈先礼，慌忙而眼神错乱："你在说什么啊，怎么开起这种玩笑来。"

有一次电话响起，是梁文涛打给梁卓姿的，她本就听了沈先礼的话而一头雾水，一听电话那边一向沉稳威严的父亲哀声痛哭，她急得像热锅上的蚂蚁，再也没有了往日的嚣张。

"爸，你怎么了？说话啊，怎么哭了，是不是哪里不舒服？"

"卓姿，卓姿你听我说，梁家，没了。"梁文涛那边已经跌坐在地，捂着胸口难以支撑，只想着女儿，"你在哪？快回来。"

"我和先礼在一起……"

"不要提那个混蛋！这个畜生，想不到沈家出了这么一个忘恩负义的小人！离开他，就是他把我们梁家搞成这样，他对你一直是居心叵测！快回来。"

梁卓姿挂断电话，她不敢相信父亲的言辞，她也听不懂，究竟发生了什么事。

"先礼，究竟发生了什么？"

沈先礼自顾自坐下，品尝着上等的鹅肝，细腻的口感在嘴里融化开来，即便他吃过的山珍海味不计其数，但他相信，这一餐一定会成为他人生里数得上的美味。

梁卓姿走得急，一不小心踩到自己晚礼服长裙，刚好摔倒在沈先礼脚下，她抬起头，等着沈先礼扶她，却只看到他冷冰冰的刀叉，在眼前晃动。

"你告诉我，我爸在说什么事？梁家，怎么了？"

他慢条斯理地用餐巾擦了擦嘴唇，俯下身，对地上狼狈不堪的梁卓姿说："你爸是想告诉你，以后梁家改姓沈了。"

"你什么意思？"

"你们梁家的航空产业被南太几家公司联合打垮，公司一夜破产，现在已经被我低价收购了。"

"这不可能，这不可能。我们梁家家大业大，怎么可能经历这么一点小事就破产？"

"你们是有钱，但我的未婚妻，你忘了吗，是你亲手奉上你们梁家全部家产送予我沈先礼，来买这个沈夫人的头衔。"

"这一切都是你计划好的，你设局害我们！"

"梁大小姐，答应你的我言出必行做到了，我说会以沈家作为给你的聘礼，让你风光大嫁，今天这婚礼你还满意吗？只是，今天之后你再也不是什么金枝玉叶，连乞丐都不如。"

"我不信，你不可能这么对我，你不爱我了吗？"

梁卓姿始终以为沈先礼对她的种种是出于爱，从不曾想过，他讨好她也好，纵容她也罢，都基于她是有利用价值的梁小姐。一旦梁家没了，她还算得了什么。

只是，她把爱情看得太重，把他看得太好，才落得满盘皆输。

"爱你？"沈先礼像是听到了什么天大的笑话，哈哈大笑两声又说："我什么时候说过爱你？每一次看到你，和你接触，都让我恶心。"

"啊！"

"请白小姐出来。"沈先礼不顾精神崩溃的梁卓姿，让侍者请来等在暗间的白玺童。

从他们二人进来这里，所有的对话和发生的事情白玺童都看在眼里，她像是暗中观察的窥探者，又像是全知的上帝，见证梁卓姿从天上掉入泥沼的全过程。

沈先礼见她走过来，站起身，为她端上一杯红酒，柔声细语道了声："生日快乐。"

白玺童笑纳，嘴上说："谢谢，这份礼物我很满意。"

然后把一杯红酒从梁卓姿头顶倒下去，正如当初她往她头上砸的那么多的鸡蛋。看着红酒流到她的脸上，她落魄得灵魂不堪一击，千金小姐也不过如此。

"怎么对待，任你了。"沈先礼挥手让两个保镖擒住梁卓姿。

但白玺童却说："不用他们。"

然后她对着梁卓姿微微一笑。

"你以为就你有力气吗，你以为我打不过你是吗？你觉得我凭什么要任你欺负，没想到自己会有今天吧？"

"虎落平阳被犬欺，别以为我会求你，要杀要剐，你来啊！"

白玺童伸出手，将梁卓姿一把从地上拉了起来。

"我身份低微，出身贫寒，但不代表我可以任人宰割。你地位尊贵，腰缠万贯，但不表示你永远高高在上。今天我就要告诉你，什么叫众生平等，因果有报。"

白玺童牵起梁卓姿的手，走到观景台，八十八层的高楼大风呼啸，她一点怯色都没有，凛然站在风里，而一旁的梁卓姿吓得屁滚尿流，往下望一眼，就腿软到瘫在地上。

她拽着栏杆，颤抖着："你要干什么！你太狠毒了，告诉你，把我推下去是要偿命的！"

沈先礼担心有什么闪失，走过来唤了声："当心，别闹出人命。"

而白玺童，面容冷静，像是遗世独立的贵族，说道："我只是让梁小姐跟我一起欣赏一下风景而已。"

Part 3 ......

梁家成为沈先礼的囊中之物，沈氏集团自此便是H市一家独大的势力。

此前所有危机都烟消云散，众人纷纷又以沈先礼马首是瞻。所有人都以为，沈家一家独大，只有他心里知道，白昆山不除，他再怎么只手遮天，也不过是别人的傀儡。

沈先礼坐在沈氏集团董事长办公室的椅子上，点燃一支烟，盘算着下一步计划。

内线电话响起，是秘书长报告洛天凡到访，沈先礼捻灭烟头，道了声："让他进来。"

洛天凡的脚步声最好辨识，与常人不同，他常年以拐杖为伴，微跛的脚，比别人的步速稍稍慢了一点。

沈先礼看着他那根黄花梨木的拐杖，还不等洛天凡汇报来意，就先张口问了声："你这腿，不再治治吗？我听说美国一个专家下周来H市，要不要给你约一下？"

136

"谢谢少爷关心，不碍事，这么多年也习惯了。"

洛天凡顺势看了眼自己的左腿，伤早已痊愈，只是每每想起来，还是会隐隐作痛，不知是腿疾还是心病。

"什么事？"

"之前您和梁小姐的事已经闹得满城风雨，现在梁家倒了，外人不了解情况，只会担心我们也会受牵连。更何况……"

"何况什么？"

"现在全城都在等您的婚礼，之前订婚的消息人尽皆知，现在要怎么收拾残局？"

沈先礼搓了搓三天没刮的胡茬，懒散地说："我结不结婚，还用跟别人交代吗？"

"人言可畏啊少爷，毕竟牵扯到沈氏集团的名声，更何况，如果不了解此事，梁家也完全有机会对外宣称是沈家的亲家，继而拉到帮手，东山再起。"

"那你的意思呢？"

"召开记者发布会辟谣，好在之前传出你们结婚的消息，也都是非官方传闻，您和梁小姐也从未在公开场合以未婚夫妇自居。"

"真麻烦。"沈先礼不耐烦地皱了皱眉，也不愿再生事端，便应允了洛天凡的建议。

但此时，他才没有心思顾忌区区婚事，能让他感到棘手的，唯有白昆山。

他本不想问，但还是太想知道敌人的动静了，于是问道："白昆山那边呢，有什么消息？"

"我们安插的人，断了，已经有一周没有报告情况。"

"这么大的事怎么才跟我说！"

洛天凡见沈先礼有了愠色，没敢吱声，只默默吸了一口凉气，等他的安排。

白昆山就是沈先礼的死穴，稍一有什么动作，他就草木皆兵。

"我有预感，他就快回来了。上一次他发现我们搞小动作，就有所警觉，如果这次再知道我们有二心，怕是在劫难逃。"

"那少爷，我去一趟缅甸探探虚实？"

"别去了，凶多吉少，我怕有意外。"

沈先礼面朝四十楼的玻璃落地窗，鸟瞰天下的背后满是杀机，稍不留神，这高位就会成为万丈深渊。

他沉默有十分钟的时间，房间里鸦雀无声，唯有老旧的古董落地钟滴答滴答地响。

"我们得有所行动了。"沈先礼定了定神，决绝地说，"第一件事，就是把内鬼揪出来。"

自从上次白昆山差点抄了沈家，还准确无误地把同伙惩治得一个不剩，沈先礼就断定，这其中一定有内鬼，不然怎么会毫无偏差。

只是，他向来谨慎，除他之外，这份名单连洛天凡都未曾见过，更别说别人。唯有一种可能就是被人偷了去，而他锁在保险柜里，究竟是谁有这样的能耐在他眼皮底下拿走？

沈宅山顶别墅，一屋女眷，谁是鬼？

这个答案沈先礼不知，全天下没几人知晓，但恰好，白玺童是知情的那一个。

任谁也想不到家贼难防，更何况是亲妈。

沈先礼聪明一世，但怎么也不会猜到沈老太太那里，毕竟虎毒不食子，他千算万算也不曾想到她头上。

可偏偏就让白玺童撞见了。

沈老太太有个习惯，每逢初一十五一定吃斋念佛，祖宅有专门的佛堂，她走后也安排人专门打理。

而自己在山顶别墅，也习惯不改，把一间客房临时改了佛龛，请高僧做了法事请了两尊佛来。

那天正是白玺童未出生孩子的忌日，她手里既没有孩子的照片，也没有任何留念，只偷偷地用枕套做了一套小衣服。

她知道家里有了佛龛，就想着等沈老太太祭拜完，自己就在佛祖面前烧了那套衣服，希望她的孩子在另一个世界可以收到来自妈妈的心意。

白玺童瞄着沈老太太离开了，看四下无人，她溜进去，学着别人的模样跪在垫子上，嘴里说着，求佛祖保佑孩子的尸首能早日找到，入土为安之后能早日转世为人。

她说得声泪俱下，动情处便跪着弯下身子，头伏在膝盖上流泪。

突然她觉得垫子下的大理石砖好像晃了晃，她挪开垫子，生怕因为自己而弄坏了什么，万一被别人发现，就糟糕了。

好在大理石砖没事，为确保无事，她用手碰了碰它，没想到居然不是镶在地上的。

她轻而易举就把一块正正方方的大理石砖拿起，下面是一小块三尺见方的空处，中间摆放着一个景泰蓝盒子，没上锁，打开盖子，看到几封信。

而最上面这封，便是沈先礼联合几大家族要扳倒白昆山的密函。

即便她不知道白昆山是什么人，但信如此藏匿于此，一定是极其重要。以她对沈先礼的了解，如此不能见光之物，是不可能放在区区客房的。

至于是谁，就要引蛇入瓮了。

白玺童拿走景泰蓝盒子，大大方方地摆放在卧室的化妆台上。一连几天，家里的用人来打扫房间，也没人注意到它，显然都不是她们的。

目标基本就剩沈老太太了，本来佛龛就是为她而建的，要说敢在那里藏东西，她的嫌疑自然最大。

白玺童和沈老太太同住一层，一晚沈先礼未归，她故意装出梦魇的样子，三更半夜鬼哭狼嚎。

用人们都在楼下，未曾听到什么响动，只有睡眠很浅的沈老太太被惊醒。听动静以为是有小偷或是牛鬼蛇神，心惊胆战地一面喊着"来人呐"，一面来到白玺童屋子里。

就在用人们跑上楼来，她也看到了那个端放在梳妆台上的景泰蓝盒子，瞬间变了脸色。

把用人们打发走，她关上门，威严而又紧张地问白玺童："这盒子，怎么会在你这里。"

这时，白玺童一改刚刚做噩梦的惊怕表情，神情自若地说："我就知道是你的。"

沈老太太一把把景泰蓝盒子搂在怀里，恐吓她："你要是敢说出去，我不会饶过你。"

"老夫人，我想您是弄错了，现在要怕的人不是我，而是你吧。你说如果沈先礼知道出卖他，把沈家差点搞得倾家荡产的人是自己亲妈，会做何感想？"

说着，白玺童从枕头下抽出那封告密信，在沈老太太面前晃了晃。

沈老太太一把抢过，撕得粉碎，却道高一尺魔高一丈，白玺童不以为然地说："你尽管撕，我又岂止这一份复印件。"

"你想怎么样？"

白玺童笑了笑："这感觉真好，第一次有人问我想怎么样，之前所有人都视我如蝼蚁，每一次都是我被人踩在脚下，问别人想怎么样。"

"少说废话，你想提什么条件，一千万？还是多少，你开个价。"

"我才不稀罕你们沈家的钱，这个把柄，我要暂且留在手里，之后会有需要你交换的条件。"

140

"我凭什么相信你？"

"就凭，你不相信我，也没有办法。"

沈老太太咬着牙，想不到自己设了一辈子局，居然一不留神落到一个小丫头手里。

白玺童说："为表达我的可信度，下一步我就先帮你找个替罪羊。"

从误服下堕胎药导致丧子，到郭伟昌来时自己被注意到，再到后面梁卓姿为难自己的种种，白玺童把自己一年多遭受到的打击联想在一起，竟找到了关联。

中间的交集就是祝小愿。

这个人表面拉拢白玺童，装作朋友一样，其实却是真正想要加害自己之人。

白玺童要复仇，那么所有害过她的人，一个都别想跑。

这出戏她说还不够，必须要沈老太太出面，才有权威，让沈先礼信服。于是她利用沈老太太的把柄，要求她做的第一件事就是栽赃给祝小愿。

而沈老太太呢，自然也是乐意为之，如此一来，至少沈先礼不会再追查此事，白玺童若有心栽赃祝小愿，把自己抖出去的概率也就微乎其微。

第二天凌晨五点，沈先礼突击命人对沈宅上下进行搜查，没有任何预兆，在祝小愿的私人抽屉里发现了那封密函。

祝小愿睡眼惺忪不知发生何事，就被秘密带到沈先礼的书房。她不知所云，听着沈先礼问她："你是内鬼？"

"内鬼？什么内鬼？少爷您在说什么？"

"二楼向来是你打扫，那么你得到这封密函也就有了可乘之机。我沈家向来待你不薄，想不到你却要置我于死地。"

"少爷我没有啊……"

这时，沈老太太假装闻声赶来，言辞凿凿地说："你在砸了书房那天，我亲眼看到她假装打扫，从屋子里出来，手上就是一封信。"

第七章
给岳父大人的聘礼

Part 1 ......

沈先礼不仅把祝小愿扫地出门，更把她五花大绑派人空运去缅甸，当作给白昆山的战书。

自此，没有了梁卓姿的欺负，也没有了祝小愿的陷害，就连沈老太太都不敢再为难白玺童，即便这内幕其他用人并不知晓，但白玺童已无所畏惧。

现在她最后的目标就是沈先礼。

相反的，沈先礼看似因为揪出了白昆山的眼线，而放松警惕，对白昆山的背水一战他要从长计议。当务之急，是舆论的压力，关于他的婚事。

风和日丽的午后，平地一声惊雷，明明一刻钟前还是阳光普照，突然间大雨就倾盆而下。

原本在庭院闲来无事画画的白玺童被突如其来的大雨浇得浑身湿透。

她赶忙夹着画板，从庭院的尽头往房子跑，席地的白色长裙本是有点蓬蓬的，一遇水，全都塌下来，紧紧地贴着她的腿，但大裙摆还在，让她看起来像是美人鱼一样。

这一幕刚好被在二楼书房倚着窗户喝茶的沈先礼看到。

他看着白玺童狼狈的样子，和平时高傲的神情完全不同，觉得可爱，忍俊不禁。

一旁前来给沈先礼续茶的刘碧云也看到了她，面冷心热地说："这孩子，怎么就这么在大雨里跑，好不容易最近身子骨好了，怕是又要生病。"

说着就要跑下楼叫人撑伞去接她，但被沈先礼拦下了。

他把手中喝了一半的热茶递给刘碧云，要自己去接她。

刘碧云一溜小跑跟在后面，关心地絮叨着："少爷，这不合适吧，回头您再受凉……"

然而话音还没落，沈先礼已经拿起伞，走进大雨里。

白玺童远远地看见有一个黑影从房子里出来走向自己，还以为是哪个用人，边跑边兴奋地挥舞着手臂，谁知，这一下又让原本夹在她腋下的画掉在地上。

她皱着小脸，委屈着捡起画了一半的画作，用裙子擦了擦上面的泥水，结果染料遇水蹭花了她的裙子。

等到沈先礼走近她时，她还在自顾自地一会擦擦画，一会搓搓裙子，全然不顾自己被大雨浇得湿透的身子。

沈先礼脱下外套披在她身上，她这才抬头，发现是他。

她没说话，已经摆好的笑脸又瞬间收回，低着头，径直往房子走去。

沈先礼如此屈尊亲自来接她，她可好，一点都没有受宠若惊的样子，沈先礼还以为会看到她感激的笑脸，结果竟是这样冷漠的对待。

不禁心下感慨，女人啊，果然都是恃宠而骄。

他趁她不注意，伸脚绊了她，她瞬间失去平衡，眼看着就要跌在地上，又被沈先礼眼疾手快地抓住手腕，然后一把揽住。

"你绊我干吗！"白玺童恼怒地问他为什么做这么幼稚的恶作剧。

沈先礼却一副得逞的样子，卖弄着："可我也扶住你了，扯平了。"

二人在雨里你一句我一句地呛声，路过花田，白玺童却沉默了。

沈先礼还在打趣她："裙子一湿，你这小短腿就暴露无遗，以后穿黑的吧，遮丑。"

见白玺童不吭声，顺着她眼神的方向猜到了她的心思。那片花田，即使他们都知道埋在下面的那块肉不是真正的孩子，但还是会让人想到他。

驻足片刻之后，沈先礼说："我们，再要一个吧。"

"你说什么？"

"我说，我们再生一个孩子吧。"

"你有病吗？"

白玺童生气了，每每想到他如此心狠手辣对待他们的孩子，就觉得对他恨之入骨。她愤愤地走进房子，也不顾浑身湿透，跑到自己的房间就把自己扔在床上。

沈先礼跟在后面，看着她难过地趴着，静静地坐在她床边。

第三次，郑重其事地说："生一个孩子吧，我们结婚，给他名正言顺的身份。陪着他长大，对他好。"

"你又在抽什么风。"湿衣服好冷，白玺童打了个寒战，翻身起来，懒得理沈先礼的鬼话连篇，正要去洗澡，被沈先礼从身后抱住。

"我说的都是真的，你愿不愿意当我的沈太太。"

这一切都像一场梦，白玺童不敢相信他说的一切。然而沈先礼临走前丢下一句："你准备准备，下周，不，后天我们就结婚。"

她只以为是他被雨淋得不清醒，也曾担心是不是他给自己吃的药又起作用，让自己出了幻想。

洗澡的时候，有那么一瞬间，她也想过万分之一的可能，也许沈先礼真的想弥补她，娶她为妻。但很快又打消了这个念头，自嘲真是好了伤疤忘了疼。

而沈先礼出了白玺童的屋子，踱步回书房，情绪微妙地拨通了洛天凡的电话，明明是笑逐颜开，语气却冷若冰霜。

　　"安排一下，后天我和白玺童举办婚礼。同时你把那孩子给白昆山老贼送去，就说是我给岳父大人的聘礼。"

　　洛天凡听着沈先礼不容置辩的安排，没有表示异议，但放下电话，他杵了杵拐杖，担心的事还是来了。

　　洛天凡乘沈家的私人飞机从H市飞去缅甸，自从沈老先生去世后，已经将近十年没有和白昆山碰面了，但依然轻车熟路地找到了那个神秘的住所——位于东枝山上的茅屋房。

　　等候多时，白昆山才缓缓从里屋的帘子后走出来，旁边跟着祝小愿，换了妆容，洛天凡看了好几眼才认出来，然后不再看她，唯恐被白昆山看出什么蹊跷。

　　任谁也想不到眼前这个老态龙钟又面容和善的老人竟是威震天下的白昆山。

　　他穿着苎麻白衬衫，一尘不染，即便没有年轻人自如，但走路却有步步生莲的感觉。他像是超然物外的高人，不动声色地大权在握。

　　"会长。"

　　像洛天凡这样见过世面，又沉稳之人，很少会像现在这样露出慌乱的神色。但无论过多久，无论他已经是什么样的身份，在这个人面前，永远都不过是个小喽啰。

　　"来了？"

　　他不敢抬头看他，全程端着包好的沈先礼命他带来的东西，紧张地咽着口水。

　　白昆山也不急，早就见惯了别人见他这副鼠相，呷了一口参茶，摆弄起手里的核桃。

　　"报告会长，这次前来是向您禀告，大小姐找到了。"

　　"月儿，是月儿吗？"听到走失约二十年的女儿的消息，让再如何叱咤风云的男人也略微有些动容。

"是的，正是大小姐。"

"说下去。"

"大小姐走失后，辗转到一户白姓人家手里，如今叫白玺童。"

"白玺童，月儿，为什么没把她带过来？"

他没有半点喜色。

初在危难之际，洛天凡受重任保护还在襁褓中的女儿，却让她被人抱走不知所踪，即便他付出一条腿的代价，但他白昆山最爱的女人生下的遗孤，就这么没了，也难解心头恨。

如今找到也是洛天凡将功补过，是他应该做的。而没有带过来见他，这其中自然是另有隐情。

洛天凡听到白昆山的责怪，应声跪下，屡弱地说："会长，大小姐她就要结婚了。"

"是谁能配得上我白昆山的女儿。"

"是沈先礼。"

"他？笑话，一个毛头小子，配娶我的女儿！"白昆山思索片刻，从找到女儿的消息中缓过神来，思考起这件事来，只觉大有文章，"沈家那小子，怕是知道月儿的身份吧。"

"不敢欺瞒会长，他确实……对大小姐有过调查。"

"哼，怎么，想当我白昆山的女婿，来向我求饶吗？"

"这……"

"他想怎么样，你说。"

洛天凡攥了几次拳头，沈先礼的意思他既要传达，又知道这大概是人头落地的死罪。终于被逼上绝路，硬着头皮把带来的东西呈给白昆山。

白昆山拆开包装，在盛满冰的箱子里，还有一个半透明的肉球。

他面不改色心不跳地问："这是什么？"

"是，是您的外孙……"

洛天凡已经被吓得魂飞魄散，绝望地看着白昆山。他看到，在他的脸上，蔓延着一股寒气，缅甸湿热的天气，一瞬间被降至冰点，空气都凝结成霜，是死神的气息。

"沈先礼，他是嫌命太长了！"

"会长，会长饶命啊。少爷，不，沈先礼他也只是求您能放过他，和大小姐也只是为了自保而已，看在沈家世代效忠的份上，您饶他一命吧。"

"世代效忠，他老子确实是，但他这分明是在造反。"

屋外暴雨将至，山风从四面赶来，钻进这坚不可摧的茅屋房里，带着东南亚气候里特有的水汽，让人喘不过气来，二氧化碳憋在肺里，就要窒息。

像是拼了性命，洛天凡面若赴死，"若您执意要处置沈先礼，恐大小姐也难自处。"

"那就让他亲妈，亲手了结了他。"

Part 2 ......

沈老太太在嫁给沈老先生之前，闺名唤作嫣云。

十六岁那年就被卖到白家当童养媳，不过她既定的夫婿可不是白昆山，而是他的堂弟白昆江。

已经二十岁的白昆山正是风流倜傥的年纪，加上出身高贵，自是有很多大家闺秀对他爱慕有加。这其中自然还有平日里受他照拂的嫣云。

但白昆山早有了意中人，她宛若惊鸿仙子，降临人世，不食人间烟火，只应天上有。只正月十五灯会一眼，就让他魂牵梦绕。

这个人就是白玺童的亲生母亲——宛舟。

白昆山和宛舟情投意合，很快就私订终身，然而宛舟也只是一个江湖郎中的女儿，这桩婚姻遭到家里的反对，他们更希望白昆山迎娶早就指腹为婚的虎门之女。

白昆山不应，带上宛舟就要远走高飞。起初他做苦工，微薄的收入却无法支撑两个人的生活，机缘巧合下帮别人做事，从此走上不归路。

他在血雨腥风中，舍命求荣，只为让宛舟过上好日子。凭借精明的头脑和不凡的身手，很快他就受到重用，眼看着生活好起来，却被眼红的对手设计陷害，成了丧家之犬。

他不忍宛舟跟着自己受苦，安顿好她在一个小镇上住下，自己出外谋生路。他早打定主意，等站稳脚跟，能给她安稳的生活就去接她。可就在他最落魄的时候，却是嫣云先找到他。

原来在他走后，嫣云难以忘记对他的感情，拼死不嫁，被白家赶了出来。她一路打听白昆山的下落，哪怕为奴为婢也想留在他身边。

白昆山见她痴痴深情，便心生一计：若她真爱自己就请嫁到沈家当眼线，助他操控沈家。一旦他得势，就会救她出来，给她名分。

当时的沈家还是沈先礼爷爷当家，这时白昆山已经给嫣云捏造了新的身份，加上她本就面容姣好，轻而易举就俘获了沈麓亭的心。

沈老太爷是开明之人，见儿子喜欢，就同意了这门婚事。

从那以后，白昆山步步设法，和嫣云里应外合很快就把沈家牢牢控制住。从此沈家祖孙三代，都在他的手掌之中，看似风光其实为人傀儡。

但白昆山食言了，他并没有救嫣云出来的打算，落子无悔，这颗棋子他既已放下，就没打算收回。他一心一意，只想和宛舟一双璧人。

可怜了嫣云，"我本将心向明月，奈何明月照沟渠"。

一过，就是数十年，嫣云深情错付，却一往情深，这些年，不止在生死存亡之际依然忠心于白昆山，毫不手软害死自己的结发丈夫沈麓亭。

就连多日前，涉及沈家的根基，哪怕到了儿子手里，也没有一丝犹豫，尽职尽责当好这个间谍。

她为爱已经疯魔，做着美梦，笃定白昆山会信守承诺八抬大轿娶自己为妻，如果他还没来，那就是自己做得还不够好。

她是他的信徒，不问得失，不计生死，迷了心智。

事到如今，她接到久违的白昆山的电话，依然激动得泣不成声。她以为他终于坐拥天下可以把自己带走，在风烛残年可以相依相伴。

却不料，他一开口，没有一点关切，冷冰冰地说："最后一个任务，亲手杀了你的好儿子，我就来接你，嫣云。"

嫣云，嫣云。

他每次唤她的名字，都让她芳心萌动。

当初她初入白家时，所有人都对她呼来喝去。

她生于腊月，属羊，人们都说冬天的羊没草吃，命不好。

在她十几年的人生里，唯有白昆山把她当人看，在她被人欺负时，出手相救。

白昆山是她活着的指望，若不是当初他的承诺和交代给自己的任务，这纷繁人世间她早就活腻了。

她像是他的提线木偶，外人看来是任人摆布，但只有她自己知道，只要这线还在，自己就有生命迹象，若线断了，她也就死了。

只是这一次，她等来的却是杀死自己的儿子。

沈先礼一定不知道在自己紧锣密鼓筹备婚礼的时候，暗地里却风起云涌，自己的新娘和母亲，还有远在缅甸的幕后之人都在磨刀霍霍，盘算着要了他的性命。

两天的时间，他要完成举世瞩目的世纪婚礼谈何容易。

一些早一点得知这个消息的心腹都劝他不要急于一时，但面对媒体的流言四起和洛天凡的生死不明，他知道留给自己的时日已经无多，他需要尽快动用白玺童这张王牌。

洛天凡不在，操办婚礼这样的大事就落在沈氏集团一秘谷从雪头上。

尚未出阁的年轻女子对婚礼充满幻想，即便没有经验，但自从她领了这艰巨任务起，就把一腔热忱和浪漫细胞贡献出来，誓要在两天之内漂亮地完成这看似不可能完成的任务。

然而这种形式上的事，跟沈先礼要操心的事情比起来简直微乎其微。于是每当谷从雪拿不定主意，需要请示时，就不得不找到另一个当事人新娘白玺童询问。

在此之前，白玺童一直没把沈先礼的求婚放在心上，怎么看他也不可能会娶门第如此悬殊的自己，更何况像沈先礼如此无情的男人，眼里只有利益。

当谷从雪拿着几十张婚礼场地策划效果图找到白玺童的时候，她才知道，原来这竟不是沈先礼说说而已的儿戏。

沈家少夫人的名号，H市甚至整个滨江三省，任哪个妙龄女子不心向往之。如此如意郎君不仅意味着万贯家财，何况他还风流倜傥，剑眉星目。

白玺童却深知他是怎样的伪君子，他们之间的爱微乎其微，有的只是虚与委蛇，互相伤害。

即便白玺童对结婚之事并没有喜悦之情，但却心生一计，报复沈先礼的事情，一瞬间有了眉目。原本是走投无路的以卵击石，如今却有了将计就计的可乘之机。

她满是待嫁新娘的样子，积极参与到婚礼中来，从挑选伴手礼到试婚纱，她都热情地配合着。她表现得温柔亲切，一见面就和谷从雪熟络起来，很快成为朋友。

之前谷从雪还提心吊胆，毕竟是沈少夫人，还是打败了梁卓姿才登上大位的女人，以为一定是个狠角色。没想到竟是如此单纯温和的女孩子，着实让她松了一口气。

沈先礼忙，那两天无论去哪办什么事，都是白玺童和谷从雪为伴。相见恨晚的二人以闺蜜相称，也无话不谈。

终于在白玺童试婚纱，看来是那样的美艳动人时，谷从雪说了一句不该说的话。

"之前对于小沈总，我听过很多传闻，还在想你究竟是什么样的空降兵能成为他想娶的女人。现在我明白了，所有的好命都敌不过一副好皮囊。"

这不是奉承的话，她由衷觉得白玺童实在是太美了。平时她不怎么打扮，只觉得清秀，但现在稍加粉饰，又穿上女人最美的裙子婚纱，她像一条美人鱼，勾人心。

白玺童笑笑，看着镜子里的自己，二十岁的年纪含苞待放，在这看似温室里的花朵一样的身体背后，受过多少伤。

她没说什么，试了两件婚纱之后，就决定了。

她们离开时，谷从雪还意犹未尽地说："这么快就定了啊，我还没看够呢，都怪时间紧，不然以你的身份，肯定是要巴黎最棒的工匠手工订制！"

谷从雪在一旁滔滔不绝，看似在给白玺童提议，其实都是在畅想自己的未来。

她们路过一家奶茶店，这里曾是白玺童上学时的必经之路，但这家奶茶店素以高端定位，囊中羞涩的她从来没舍得拿出自己一天的饭钱来尝一杯。

每次看到有打扮入时的年轻女孩子从里面出来，寒冷的冬天手捧着一杯醇香的奶茶时，她都好生羡慕。

于是她完全没在听谷从雪的异想天开，只是脚步不自觉地停在奶茶店门口，往里面探头看了看，像是几年前那个恍如隔世的自己。

她笑着打断谷从雪："这位恨嫁的美少女，可以请我喝一杯奶茶吗？"

谷从雪没想到堂堂沈氏集团的少夫人居然这样给自己面子，巧的是这家店还是她爸爸开的店，马上兴高采烈地搂着她进门，高喊了一声，"十杯都可以！"

"你这么大方，早知道几年前我就该去认识你。"

谷从雪熟络地跟店员聊天，问她爸爸去哪了，最近的生意好不好等家长里短。一旁的几个姑娘注意到穿着不凡的白玺童，叽叽喳喳小声议论起来。

其中一个说，"你看那边那个女生，拿的是Birkin耶。"

她的朋友又补充了一下："还是蛇皮的，这个颜色全球限量四只，摩纳哥王妃就有一个，我前两天刚在杂志上看到的！"

两个人眼睛泛着星星，不知眼前这个年纪轻轻的女孩子是什么来头，竟然如此奢靡。

白玺童隐约听到她们的对话，心里满是对这个世界的讥讽。富贵与贫穷，羡慕与轻视，只在一只包一辆车上就可以轻易划分。但在白玺童看来，这中间的鸿沟还不及一杯奶茶来得多。

"我当是哪个富家千金呢，这不是远近驰名卖身求荣的白玺童吗？"

Part 3 ......

本在挑选座位的杨淇悦听着两个表妹你一言我一语，出于好奇，也回头瞄了一眼。对着罕见的价值八十万的包包，本想酸一句是山寨货。

结果却是冤家路窄，让她认出，山鸡变凤凰的竟是白玺童。

她不管她今天拿的是价值连城的包，穿的是华贵的衣服，在她眼里她就是一文不值的便宜货。

她耀武扬威地越过两个表妹，和当初颐指气使的语气一模一样。

谷从雪听到杨淇悦的话，惊得连店员递过来的奶茶都顾不得接，下巴差点掉在地上，灰溜溜地看着白玺童的眼色。

白玺童还能记得当初在炸鸡店里，杨淇悦是以家世逼自己让出司远森，也记得校门口她是如何火上浇油，雪上加霜。

如果说身份，曾经是杨淇悦的利剑，伤得白玺童没有还手之力，那么时至今日，她就有以彼之道还治彼身的能力。

第一次，她敢对杨淇悦正面回击，她问谷从雪："从雪，你说这家奶茶店是你家的是吗？"

"是，是啊。是我爸爸……"

"让店员把她们轰出去。"

谷从雪不敢有任何质疑，赶紧招呼目光所及的店员让她们都过来把这三人赶出店门。

其中一个店长不知内情，为难地说了声："从雪，这样不好吧，毕竟是客人，我们开门做生意的，怎么能把客人赶出去。"

杨淇悦听了更加得意，正想奚落，即便穿得好用得好了，白玺童还是那个白玺童。

但就在这时，谷从雪吓得脸都绿了，紧张地训斥着不听命令的店长："让你轰你就轰，你知道这是谁吗？她后天就是我们沈氏集团的少夫人！"

店长吓得瞠目结舌，连声赔不是，说自己眼拙，望少夫人见谅，然后手脚麻利地"请"出了更加震惊的杨淇悦姐妹三人组。

看着杨淇悦像乞丐一样被不留情面地轰出门，隔着玻璃仇人相望，只是这一次自己是站在玻璃房里，说一不二的新贵。

原来富人的游戏规则这么简单，自己的新身份这么好用。

经过刚才的事，谷从雪再也不敢瞎说话了，哪怕对杨淇悦的话有一百个疑问，这样杀头的死罪谁敢触犯。

她又尴尬又不知道该不该说话，只好乖乖地坐在白玺童对面全神贯注喝奶茶，连眼睛都感觉要掉进杯子里。

白玺童说："从雪，让你见笑了。"

想不到白玺童会这样客气，让她刚有点畏惧的心，又放松下来，不知死活没心没肺地还是问出口："刚才……那个女生是你朋友？"

白玺童"噗"的一下笑出声来，毫不介意地打趣谷从雪："能说出这种话的，是哪门子的朋友啊，你是不是傻？"

谷从雪被她这么一说，也"呵呵呵"地傻笑起来，末了又说："那一定是情敌！情敌的嘴才最恶毒。"

"是啦，你最聪明。"

被她一承认，谷从雪一颗八卦的心又提起精神来，刨根问底地问："难道说，刚刚那个女生也曾经是小沈总的女朋友？"

白玺童服了谷从雪的脑子，心想怎么学霸都是这样，是不是之前全顾着学习了，在八卦技能上武力值完全为零。

不过，真是塞翁失马，杨淇悦的出现刚好让谷从雪问出白玺童期待她提起的话题，她按照自己计划好的说辞，好好对谷从雪撒了一个弥天大谎。

她说："谁说情敌这事一定跟你们小沈总有关了？认识他之前，我有一个学长喜欢我，刚才那个女生又喜欢那个学长，所以在这个食物链里，我就成了她憎恨的对象。"

"那你和那个学长是恋人关系吗？"

"开玩笑，我怎么会看上那种凡夫俗子。"

"也对也对，以小沈总的水平你都能拿下，一般人肯定不能入你眼。"谷从雪眼睛在灯光下亮晶晶的，像试图窥探明星新闻的小女孩，问她，"那你是怎么跟小沈总在一起的？"

"我是养父收养来的孤儿，家境贫寒只能靠别人救济。在一次慈善活动里，先礼高价买了我的画，作为慈善金资助了我。从那时起，我们就认识了，他人很好，后面就常来看我。"

谷从雪听得聚精会神，兴奋地惊呼："这完全就是韩剧啊！"

然后白玺童继续说道："我养父再婚，养母搁不下我这个拖油瓶，沈先礼就在这时提出让我去暂住，我便搬进沈家。他对我很好，体贴入微，慢慢我们就互相有了好感。"

"哇，哇，太浪漫了。我采访一下，你是不是觉得这一切像做梦一样？"

白玺童假装羞涩而又甜蜜地说："我的命真好，能遇到先礼，是他一直以来对我的保护，才让我本该苦难的一生，过得这么平顺。"

谷从雪完全相信了白玺童讲的这个故事，听到激动处甚至都鼓起掌来，惹得周围客人纷纷往这边看。她爸爸这时回到店里，见到女儿就过来打个招呼。

她抱着爸爸胖胖的啤酒肚，撒娇地说："都怪你啦，让我这么平凡，都没有机会拥有这么浪漫的爱情。"

老爸宠溺地掐着女儿的脸蛋，说："这傻丫头，又没头没脑地说什么胡话呢。"

父女两人笑着，这样温馨的画面，让白玺童好生羡慕，对她而言，再多的钱，再帅的男人，也不如有一双视自己如珍宝的父母。

她吸了吸鼻子，不让眼泪掉出来。

晚上她被司机送回山顶别墅，沈先礼已经先一步到家，坐在大厅的沙发上，像是在等她。

"新娘回家了？"

白玺童一改往日气不顺的样子，和颜悦色地走过来坐到他旁边，一反常态地甚至还主动把头靠在他肩上。

这倒是让沈先礼感到新鲜，他逗她："怎么，看来沈夫人这个名头，你也不能免俗地喜欢？突然像变了一个人似的。"

他的指尖玩着她的发丝，见她对结婚如此积极，很是满意。

白玺童微微抬起头，看着他，呵气如兰。

沈先礼下意识地吻上去："今天怎么这么主动，婚礼特别优待吗？"

"你能不能送我一份新婚礼物？"

"小意思，说，想要什么？"

沈先礼本还纳闷她一百八十度的转变是为什么，原来不过是想要东西，女人啊，一旦有了物欲就会变得顺从。

但白玺童想要的却不是一般能用钱买到的礼物。她说："我要的礼物，是一批全新的用人，把现在的这些人全部换掉。"

这倒是出乎沈先礼意料，不明就里地重复一遍她的话："全部换掉？包括碧云姐，一个不留？"

白玺童点头，然后面带委屈地红着眼眶，试图博取沈先礼的同情。

"我不希望结婚之后，在用人眼里还是那个身份卑贱的人。我想我们重新开始，所有的一切都是崭新的。好吗？"

为了让沈先礼答应自己，她使出浑身解数满足他，花样百出又风情万种，让他很是欢心。一高兴，就什么都随她了。

第二天一早，当所有用人都沉浸在沈先礼大婚的喜悦中忙碌的时候，白玺童和沈先礼并肩出现在大厅里。

她第一次以女主人的身份召集全体用人开会，而沈先礼在旁边无疑表示着对她决定的默许。

"有劳众位一直以来对沈家的服务，为感谢大家这几年的辛苦，借此良机，特发给每人三十万作为遣散费。"

有没听清的用人，还以为得到了三十万的巨款红包，高兴得又是鼓掌又是感谢白玺童。

但刘碧云显然听出来这最后的三个字，她转向问沈先礼："少爷，您是要把我们全部辞退吗？"

这一下惊醒了还在沉迷红包的大家，纷纷露出惶恐的表情，不知是谁犯了什么错，竟会这样一刀切全部赶走。

往日里得罪过白玺童的人吓得不敢吱声，心知肚明地以为是自己运气欠佳，为难为了这个凤凰而被辞退。

但那些素来对白玺童还算友好的女佣，就邀起功来。

"少夫人，在你还是白小姐的时候，你扪心自问，我对你怎么样。今天你得势了，非但不念旧情好好待我，居然还这样把我扫地出门，你怎么可以这样做！"

三三两两的女佣抹着眼泪，诉着委屈，也有求她放过一马给口饭吃的。但白玺童面不改色地宣布了决定，就不会改变。

在丢下一句"今天就请你们全部离开沈宅"后坐车离开，没有一点商量的余地。

山顶别墅几十号用人像迁徙的候鸟般集体出走，沈先礼也没有表态，道了声"珍重"后回书房批示文件。

刘碧云在大家走后，敲门想跟这个她陪伴了数十年的少主告别，瞬间略显苍老的面容，让沈先礼于心不忍。

他说："碧云姐，等婚礼结束后，您就跟老太太回祖宅吧。"

本做好离开沈家打算的刘碧云，听到沈先礼已经为自己谋好出路后，感动得老泪纵横，直说："少爷放心，我一定伺候好老夫人。"

飞驰的车里，白玺童满意地笑了，山顶别墅自此将从她的牢笼，彻底变成为由她自编自导自演的那出好戏的片场。

第八章
这场婚礼还真不顺利

Part 1 ......

婚礼当天，晴空万里，天公格外开恩，明明是在梅雨季节却单就在这一天放晴，白玺童抬头看着烈日当空，心想，这是把前半生欠我的眼泪都还了吗？

但H市的市民可不这么想，他们只会觉得沈家果然是天选的名门世家，连老天都眷顾。

从槐北北路到崇贤南路，是H市的龙骨所在，最为重要的交通主干道。但今天却因为沈先礼大婚而封路，哪怕冒着全市交通瘫痪的窘境，也要给沈家面子。

婚车自北向南而行，道路两旁满是围观的市民，即便只是看一眼车队，也算是见了市面，开了眼界。要是能赶巧看到新娘，那就在街坊邻里间更有了谈资。

白玺童穿着一袭白纱，和沈先礼并肩坐着。她的手握在他手里，看上去是多么的恩爱有加。

路人见状，纷纷又做起了灰姑娘的美梦，盘点着H市四少这之后还剩谁是钻石王老五，可以复刻一下白玺童一步登天的神话。

然而在这之中，只有一人面色铁青，眉宇间写满了愤怒。

不仅如此，他还酒气熏天，手里拎着一瓶红星二锅头，边说边滋溜一口。在如此大喜的日子，惹得旁边人好不生气，很怕万一他出言不逊被沈家人听到了受到牵连，赶忙远离。

见大家都自动隔离他，借着酒劲他更肆无忌惮地口出狂言。

"你们这些小瘪三，沈家有什么好怕的！哼，你们以为那车里的人是谁？那是我小女儿，他沈先礼见了我，也得喊我一声岳父！"

旁边人只当他是酒鬼，抿着嘴都用斜眼瞟他。

人群里一个年轻妈妈抱着约莫一岁的孩子，挤到这个酒鬼面前，拽着他的背心让他离开。

却被他一把推开，连人带孩子一起摔在地上，还因为人多，造成了多米诺骨牌似的效果，旁边的人像涟漪般跟着摔倒好几个。

这引起了愤怒，好心人扶起年轻妈妈，帮忙哄着因惊吓而大哭的孩子。更有正义之士，看不过去他对女人动手，撸胳膊挽袖子就要揍他。

年轻妈妈见状，赶快上前赔不是："对不起，对不起，喝多了，我这就带他走。"

于是酒鬼骂骂咧咧的，总算被年轻妈妈扶走，在离开路两旁的时候，正好赶上婚车经过，她朝那豪车看了一眼，心情复杂地又转过身来继续自己的步子，但末了还是忍不住回头。

正当他们走出人群时，一个埋伏在群众中，打算随机采访市民的记者拦住了去路。

"这位女士，前面抱小孩的女士。我是文娱天下的记者，能不能麻烦您接受我们的采访？"

年轻妈妈也不理她，听到她这么说更加加快了脚步。但女记者已经命壮汉摄影师上前挡住他们，自己也绕到他们面前，对着镜头开始说。

"好的观众朋友们，我现在就在沈先礼先生婚车经过的道路现场，这位先生就是刚刚我们拍摄到的，在人群中对神秘的新娘颇有微词的市民，现在我就对其进行采访，一探究竟。"

年轻妈妈一看是直播连忙埋下头，着急地想要离开摄像机，但女记者就是不肯放行，软磨硬泡也要让酒鬼解释。

她气急了，大喊了一声："就是个酒鬼的话，哪有什么好解释的，喝多了嘛！"

但刚困酒的酒鬼，一听这话，马上又来了精神，眼神迷离地比画着："什么酒话，我说的哪一句不是事实！哦，怎么，童童不是我的女儿？"

此话一出，女记者瞬间来了精神，更不会放过这意外的大新闻，追问道："这位先生，您怎么称呼？"

"我！白勇，行不改姓坐不更名。老爷们儿，吐口吐沫都是钉。今天我还就说了，她就是我女儿，不养老人，自己去攀了高枝！"

"当着摄影机和全市观众的面，白先生请您关于神秘的新娘给我们介绍两句，我听您的话，好像她跟您有什么关系？对于这位新娘，我们只听闻名字叫白玺童，其他的信息一概不知。"

"岂止是介绍，我一手养大的闺女，凭什么他都没经我同意说娶就娶了？没道理！"

女记者这次算是立了大功一件，直播一出，万众哗然，不管得没得到证实，但在此刻沈先礼无暇他顾来不及澄清之时，大家就会把这当成喜闻乐见的八卦听。

台长打来电话，叮嘱女记者一定不要放掉这条大鱼，更出馊主意，让女记者把通行人的工作证给白勇，带他去婚礼现场，直击真相。

女记者领命，向电视机前的观众预告将会带白勇婚礼认亲的消息，便马不停蹄地执行。

白乐萍眼看着白勇要被带去大闹婚礼，急得团团转，孩子在怀里还哭个不停，她心急如焚，不知怎么办。胳膊实在拗不过大腿，只好跟上去，想着找机会把白勇拉走。

另一边，婚车已经到了最高楼楼下，沈先礼包下整栋楼，作为自己的婚宴场地。

不仅如此，谷从雪更是费尽心思，为了营造声势浩大的气氛，在阳光明媚的白天，她硬是把最新科技，"黑夜笼罩"技术运用到这栋大楼。

当沈先礼领着白玺童走出婚车时，瞬间白昼变黑夜，周围伸手不见五指，突然，最高楼火光四射，烟花齐放，绚烂至极，整栋楼被烟花效果做出一个闪光的玫瑰形轮廓。

举世震惊。

一切都看起来像是童话般梦幻，到场宾客非富即贵，全国各地的名门望族都亲自飞来H市贺喜。记者们在媒体区舍不得遗漏任何一个画面，早早便前来卡在好的机位上，蓄势待发。

当沈先礼西装笔挺，牵着白玺童的手走进来，两边是保加利亚空运来的玫瑰，空气中弥漫着遥远国度带来的芬芳，沁人心脾，令人陶醉。

就连这地面，看似红毯，实则也是暗藏玄机，是由红玫瑰花瓣一片一片连夜赶工铺就而成。玫瑰花海中间，曲水流觞，镜花水月的效果，是最高楼这两天临时动工只为此次婚礼而建。

当他们穿过大堂，是一片开阔的露天草坪，点缀以采自南非、北海道、荷兰和川北盆地的各式品种的花，连同草皮一起运送至此。

这最高楼建于悬崖之上，草坪尽头便是峭壁，首次对外开放，还保留着纯天然的风姿，那悬崖下，是滨海的大浪敲得礁石空空作响，海波涨潮的声音，为这户外婚礼增添更多灵气。

女宾无一不醉心于这精心布置的婚礼，作为婚礼总策划，谷从雪总算松了一口气，沈氏集团的高层领导听闻是她操办的，都连连称赞，对她刮目相看。

但她此时比领赏更重要的事情就是找到白玺童。

婚礼现场一切进行顺利，眼看着就到了举行婚礼的时间，白玺童却迟迟不现身。

沈先礼在宾客区已经和到访贵宾一一畅聊，他频频看表，示意谷从雪去请新娘来。

她找了新娘准备室也没人，问了工作人员也说不知道，化妆师助理一概不接电话。她焦急得都来不及等电梯，爬上爬下十几层楼，终于在一个不起眼的房间找到她们。

但白玺童把自己关在房里，门口是被她撵出来的工作人员，大家被要求站在这里随时待命，不敢走开，手机却又在房间里。心急如焚之下，正不知如何是好。

见了谷从雪，大家一窝蜂围上去，让她帮拿主意。婚礼当前，哪顾得上什么礼仪尊卑，加上她和白玺童私交甚好，便命保安撞开门。

门开了。

白玺童却不见踪影。

原本坐在化妆台前的她说自己稳定稳定情绪就出来，岂料这屋子如今空无一人。十层楼高，她插翅难飞，但确确实实，人消失了。

谷从雪本以为终于找到新娘，没想到临阵却跟她玩了个捉迷藏。她带着哭腔，在房间里来回踱步，嘴里央求着："我的少夫人，我的少奶奶，你究竟在哪啊？"

五六个工作人员在房间里走着，这响动掩盖了来自房间原本的细微声音。

隐约间，谷从雪看到衣柜门好像在抖动，她喊了一声"都别动"，然后悄悄走到衣柜前。

打开衣柜的瞬间，让她瞠目结舌，她惊吓之余以迅雷不及掩耳之势关上门，确保除了她之外没有人看见后，吸了一口气，让自己冷静再冷静。

然后强装镇定说："你们都出去吧，刚才的事，谁也不可以泄露一个字，不然一定依法追究责任。"

待所有人出去，她又一次鼓起勇气打开衣柜门。

柜子里是把原本穿得好好的婚纱脱下来的白玺童，蜷缩在一角一动不动。

Part 2 ......

两小时前。

白玺童和几个陪同的工作人员在新娘化妆间做造型。大家都忙前忙后的，很怕哪里有疏忽，也都在盘算着那笔不少的小费。

化妆师光口红色号就换了不下二十种，力求精益求精。当妆面全部搞定后，她看着镜子里的自己，说不上来什么感觉，即便所有人都在夸赞她好美，她却只觉得丑陋。

如果不是为了报复，这沈夫人的名头她才不稀罕。

在大婚之日，想到自己曾被沈先礼亲手打掉的孩子，就觉得对他深恶痛绝。

试问哪一个少女不曾幻想过自己当新娘的这一天，白玺童不在乎名门望族，更不把富可敌国放在眼里，对她来讲，这场婚礼唯一要紧的就是站在自己身边的人是谁。

而在她匆匆而过的青春里，让她有过对婚礼渴望的，就只有司远森一人。

即便时至今日自己与司远森再无可能，但她依然在这最重要的日子里怀念他，或是怀念那个曾经饱受凄楚，却善良单纯的自己。

这一步，迈出去，就再也回不去了。

"咚咚咚"，有酒店服务生敲门进来，他低着头，推着摆好的炸鸡和芝士火锅。

"咦，你们谁叫了客房服务吗？"

"没有啊，这么紧张的时候，谁还有这闲心情。"

这时服务生说："是沈先生吩咐送来给白小姐的。"

"小沈总可真体贴啊，白小姐真是好幸福。行，你放在那吧。"

几个工作人员见沈先礼在这时还不忘惦记白玺童，真是羡煞旁人。但白玺童才不会感动，沈先礼是什么人她会不知道？肯定是谷从雪替他安排的。

她连头都没回，看都没看一眼，但当听到服务生说话的时候却吃惊地睁大了眼睛。

等她回过神来，服务生已经被打发走。炸鸡和芝士的香味弥漫整个屋子，白玺童不顾正在做了一半的发型，起身走向桌子。

这熟悉的声音和这菜品，除了司远森还会有谁？

是他，不会错的。

白玺童强装镇定："休息一下，我饿了，先吃点东西。"

一旁的人谄媚地笑："是啊是啊，可不能辜负了小沈总一番美意。"

然后白玺童背着她们小心翼翼地在盘子里找，直觉告诉她，司远森会留下什么信息给她。

果不其然，在芝士火锅里，藏着一张纸条，她偷偷夹起来，趁没人看见，快速查看。

上面写着：9层走廊尽头的923房间，我在那里等你。

白玺童随便找了个借口，也没心思跟她们解释太多，一声令下就要求换房间去923换装。

沈少夫人开口，谁敢质疑，即使大家不知所以然，但还是规规矩矩地搬去那里了。

落定不到十分钟，白玺童胡乱让发型师弄了弄，就说很满意了，要自己静一静，便赶大家出去了。

待房间里只剩她自己，她悄悄唤了声："远森？是你吗？"

这时，衣柜的门开了，司远森坐在里面，眼眶微红地与她四目相对。

她蹲下，庞大的婚纱散开，她也不顾会不会弄脏，也不在乎会不会踩坏，就那么任它在地上。

强行扯了一个笑容给他，却被司远森捂住眼睛，哭着说："别笑了，比哭还难看。"

当司远森的手从白玺童的眼睛上拿下的时候，两个人都流着泪，想微笑又难以掌控的嘴角，向下扯了扯。

她没问他怎么会来，他也没问她怎么会嫁。

两个人就那样你看着我，我看着你，时间像是静止了一般，嘀嗒嘀嗒地流逝。

"如果你现在反悔，还来得及。"

"开弓没有回头箭，我走不了了。"

"只要你告诉我你想走，我就能带你走。忘了吗，我是无所不能的超人。"

"什么超人，我只记得你是大狗。"

两个人破涕为笑，这样的话，他们好久没说，一说出口却好像昨天才再见。

"跟我走吧，后面的事交给我。"

"他不会放我走，你看这么多人，我怎么逃。"

司远森站起来，但衣柜太矮他却只能弓着身子低着头。他推了推衣柜的柜体，后面的衣柜木板居然被推动了，它像一扇门一样，为他们展示了一条暗道。

"现在相信我了吗？"

"这……怎么会有暗道？"

"得知你要嫁给沈先礼，我提前打听到婚礼场地，偷偷地在部署。想着万一……你后悔了，还想跟我走。"

司远森说得轻巧，但这其中的艰难可想而知，他向白玺童伸出手，在等她的回答。

"远森，你为什么要这样坚持。我不值得你这样。"

"我什么都能听你的，但爱你这件事，值不值得，我可不可以自己说了算？"

"你会被我牵连的，我……不是你想的那么单纯。有太多事，你都不知道。"

"你是说沈先礼，还是你养父？不管是谁，只要你是你，哪怕你是坏人，是猫是狗，哪怕化为灰烬，我也想和你在一起。"

他深情款款地说："只要，你也想和我在一起。"

都说事不过三。

第一次重逢，司远森指着那一栋栋看似平凡得不能再平凡的公寓，对她说，会给她一个家，给她安稳人生。

第二次相见，哪怕她成为众矢之的，担负千百骂名，他不问原因，也要成为她的金钟罩，保护她。

而这是第三次，他冒着不可估量的风险，也要救她于水火之中。

这份真情可昭日月，白玺童突然觉得自己低估了司远森，低估了他们的爱情。她一直以为，自己离开他的世界是在保护他，给他最后的爱，可没想到他却宁愿舍命也要相陪。

她脱掉这束缚住她的婚纱，这才不是她的婚礼，哪怕是绫罗绸缎私人订制，她也不稀罕。赤条条来去无牵挂，能和他一起，就算未来如暗道那样黑暗，一无所有又何妨。

就在她打定主意跟他走的时候，却听到外面有躁动的声音。慌乱之下，她把司远森推进暗道，她还没来得及跟上，房间门已经被谷从雪撞开。

为了保住司远森，她只能选择躲在衣柜里。

一张木板相隔，那感觉像是一别两宽的生死疏离，她靠着木板，像是能感觉到木板另一边司远森的温度。

若能逃过谷从雪的搜查，她不管前路多崎岖，也要与司远森远走高飞。

若不能，她愿以死明志。

不幸的是，命运的安排是后者。

她听着谷从雪的高跟鞋向自己走来，毫不犹豫地割了手腕，但随手捡来的金属片太钝，她只割破了皮，却不伤动脉。

谷从雪把所有人都赶走，心疼地抱住她，明明她那么幸福，明明今天是他们修得正果的日子，她这是怎么了。

把手包翻个底朝上，总算找到一个创可贴，给她贴上。

"少夫人，你怎么会这样？"

白玺童没有死成，这一切都是上天的安排，昭示着她还有未完成的使命。

走不了，死不得。

于是她装出幻想症病发的样子，咿咿呀呀地哼着歌，眼神故意没有焦距，嘴里说着胡话，抓着谷从雪大喊着。

"浮生面具三千个，谁人与我共长歌。"

"愿君相思莫相负，牡丹亭上三生路。"

最后，她哼了几句黄梅戏，像是戏子醉生梦死般流着泪，念台词般："从此两不相见，各自珍重。"

木板后的司远森，知道她的这些话都是说给自己听的。他含着泪，为错失良机而抱憾，为征战前路而立誓。

今天不是终点，只要他不放弃，只要她的心还在，总有一天会带她逃离那人间地狱。

而谷从雪第一次见到白玺童这样，之前一点都不清楚她的幻想症，只以为是被人下了蛊，撞了邪。

这么大的事情，洛天凡不在，她实在不知道该找谁请示，又担心白玺童这边有什么闪失，只得壮着胆子打通了沈先礼的电话。

她描述白玺童的症状，一字一句不敢遗漏半点信息。沈先礼心下已有判断，多半可能是幻想症犯了。

他找到前来参加婚礼的宋沛菡，正要一起上来时，被前来祝贺的市长截住，说什么也要跟新郎官合影。

不管怎么说，市长位高权重，加上旁边还有一众官员，如果不给面子也说不过去。只得嘱咐宋沛菡先去，自己后来跟上。

宋沛菡只身来到923房间，看着失了智一样的白玺童，先是像往常对待病人一样问她几个问题。白玺童自然答非所问，自顾自地说胡话。

观察十分钟后，宋沛菡给白玺童硬生生服下镇定药片，就走了。

电梯门一开，是刚赶上来的沈先礼，他担心地问宋沛菡："怎么样？"

然后一边拉着她一边就要往923房间走。

宋沛菡拦住了他，欲言又止，最后把他拉到安全通道。沈先礼虽然人跟在她身后，但不明白为什么这么紧急，她还耽误他去看白玺童。

只有一个猜想就是会不会白玺童这次比以往又严重了。

一向沉着的他，语调比平时高了半度，追问她情况如何。

刚一进安全通道，宋沛珊让沈先礼稳定一下情绪，然后以医生的口吻，不容置辩地告诉他。

"白玺童，是在装病。"

Part 3 ......

沈先礼和白玺童在既定的结婚仪式开始时间，出现在婚礼场地。

在接受万众祝福的同时，各自心怀鬼胎。

沈先礼站在仪式台中间望向另一端等待进场的白玺童，看着她模糊的脸满腹心事。

想当初这个女孩曾那么的天真烂漫，即便饱受白勇折磨，也依然对世界无害。但经过这两年间的打磨，她脱胎换骨，一夜长大。

该为她悲伤吗？好好的一个姑娘明明可以当温室花朵，却被迫成为他跟白昆山殊死搏斗的牺牲品。

就连当初她得知自己患有妄想症时候的大闹，现在都能成为她的利器，反过来对付沈先礼。这其中心里的转变会有多少泪水做润滑。

该为她高兴吗？她终于不再是那个任人宰割听天由命的孩子，她的智谋足以保护自己，让她与命运相抗衡。

她像是他的徒弟，青出于蓝，却想要倒戈相向。若她真能置自己于死地，那么等大战来临时，他就不用再担心她难以自保。

自己是从什么时候开始对她如此上心呢，万花丛中过的他，从未在乎过任何一个女人。过眼烟云的露水姻缘，只有她真真正正走进了他的心里。

如果他不是沈先礼，如果她也不是白昆山的女儿，他定会给她一生一世的真心相待，而不是这看似盛大却虚无的婚礼。

而白玺童挽着洛天凡的胳膊正等着婚礼进行曲的奏响。

在宋沛菡给她吃下镇定药片后，她昏睡了十几分钟。再次醒来不是沈先礼，而是洛天凡站在房间的一侧，目光温暖地看着她。

许久不见，她本以为他赶不及参加自己的婚礼，没想到竟还是看到他如期而至。

洛天凡是长辈一样给她安全感的人，无论多大的事，只要看到他，事情就好像会迎刃而解一样。

于是那一刻，刚刚司远森的逃婚行动，自己的装疯卖傻都好像在一觉之中消失殆尽。她现在只是觉得在万幸之中，有可以依赖的洛天凡在这里。

她道了句："洛叔，您来了。"

洛天凡见她睡醒，挪着好像略有些严重了的腿，拄着拐杖挪步过来，和蔼的目光里是水波温柔。

"白小姐，我来代替你父亲，陪你走女人一生中最重要的这段路。"

在此之前白玺童从没有正视这场婚礼有多么的具有仪式感，沈先礼显然也并没有当真，她知道，他之所以会娶自己一定另有目的，也许是为了堵住悠悠之口，又或许有更大的阴谋。

直到听见洛天凡如此说，才让白玺童第一次感觉到，今天是自己嫁为人妻的日子。

若她无力决定新郎，那么在这场婚礼中，能有洛天凡这个如父如兄之人挽着自己走进婚姻，也算聊胜于无的安慰。

当熟悉而又陌生的婚礼进行曲响起第一个音符，在场的所有宾客无不把目光放在她身上。她将完成这灰姑娘童话般的婚礼，成为富可敌国的沈氏集团的少夫人。

一束追光灯照亮她面前的路，洛天凡行动略有不便的腿尽己所能地不影响她的步伐。她稳了稳他，把脚步放得更慢些。于是这条原本可以五分钟走完的路，他们走了十分钟有余。

但在白玺童心里却那么快，像是昼夜交替的一瞬，像是月亮告别星辰的刹那，像是光速的时间，她就不得不被交付到那个被她视为仇人的沈先礼手里。

就在她即将缓缓走到仪式台的时候，人群中突然有人冲出来，在众目睽睽之下，趁洛天凡猝不及防，一把抢过白玺童。

是白勇。

背景音乐婚礼进行曲还在继续，众人你看看我，我看看你，都不知道到底出了什么状况，哪里来的男人不要命了敢搅沈家的局。

于是原本浪漫悦耳的音乐掺杂着交头接耳，媒体记者无不第一时间举起摄像机记录这出人意料的一幕。

群众也忍不住拿起手机拍起来，还有人暗中点开新闻页面，不想却发现搅局的男人已经随"沈先礼大婚"的头条，上了热搜，标题就是《沈少夫人养父白勇》。

这吊足了宾客的胃口，随着音乐叫停，大家都屏住呼吸等着看好戏。

洛天凡被白勇推倒在地，因在缅甸腿伤加重而无法起身。保安们被电视台的人拦下，谁也不敢贸然冲进现场，都等着谷从雪下指令。

偏就这会儿，谷从雪在后台忙着音乐灯光，不知道前面发生了什么事。

偌大的婚礼现场，只剩白玺童一人，她婚纱在身推不过白勇，任他扯着自己大步走上仪式台。

她想，这场婚礼，还真是不顺利。

沈先礼面容冷峻地看着眼前发生的这一切，像是待捕猎的豹子，目光如炬。

白勇作恶多端，沈先礼看在他养育白玺童的份上有心放他一马，想不到天堂有路不走，地狱无门偏闯进来。

竟然敢在太岁头上动土，真是活得不耐烦了。

白勇不知天高地厚，在所有人都凝神屏气的时候叫嚷着，场地虽大，大家都听得清清楚楚。

"好你个沈先礼，娶我的女儿，连老子都不打声招呼。我白白养大的姑娘，凭什么就这么白送给你了！"

沈先礼自然不会自降身份跟他这种市井之徒在这里争辩，只掰过他的手，把白玺童从白勇身边拉过来。

即便白玺童对于沈家出洋相并不在意，但时至今日看到白勇还是有旧梦重演之感。她吓得躲在沈先礼后面，不想见到这个男人。

这边谷从雪从后台出来一探究竟，竟然看到发生这样的事情，赶忙调集所有安保人员上前把白勇拖走。

他像一头猪一样被几个人持着四肢举在半空中，但嘴里还是不干不净振振有词。

"白玺童你个白眼狼，你今日富贵了，就连爸都不认了，当初没有我，你早就命归西了。"

"沈家又怎么样，你还当她是什么宝贝。白玺童你永远都变不成凤凰！"

宾客一片哗然，不出三分钟，这段白勇大闹婚礼的视频就被上传至各大媒体平台，大家都在等着沈先礼如何收场。

他面无表情，若无其事一般看着这出闹剧，旁人只觉沈先礼真不是一般人物，面对这样的骂名还能从容不迫，绅士如一，换了别人早就动手了。

婚礼照常进行，沈先礼不作声，大家自然佯装没发生过任何状况一样瞬间重拾满含祝福的笑脸，待仪式举行完，后面的舞会环节也没有人敢再议论，像是集体失忆。

风波不断的这场世纪婚礼终于落幕，谷从雪以最快的速度封锁消息，勒令各大媒体撤掉外露视频，外界对白勇有关的话题不可以有任何提及。

于是沈先礼的大婚，不出两小时，网络上媒体上又呈现出一片太平盛世的景象。连评论都清理得一干二净。

在回沈宅山顶别墅的路上，沈先礼看到之前白勇的新闻，眉头紧锁，脸色阴沉。这个酒鬼在这里败坏白玺童和沈家的名声，造成了不可估量的损失。

但沈先礼深知掩人耳目最好的办法就是无声胜有声，越是闹得沸沸扬扬越是扩大宣传。他不能用法律制裁白勇，可不代表他会轻易放过他。

他打通洛天凡的电话，冷静地说："把第一个采访白勇的媒体踩了，别让我再看到这家电视台。"

"那他呢？你准备怎么处理？"

"他家里有外孙，扔去滨江喂鱼。"

白玺童在一边听到这话，生怕洛天凡真的会依令行事，赶快在旁边求沈先礼。

"不要伤了孩子，他也是我姐的儿子，是我外甥啊。"

"外甥？白勇闹婚礼的时候想过你是他女儿吗？"

洛天凡识趣地在那边挂了电话，他知道沈先礼不会做伤人性命的事，不过是想给白勇一个惩戒罢了。

于是他在处置了那家媒体之后，把五花大绑的白勇吊在动物园的狮虎山上，让他在老虎唾手可得的地方，但又在确保他安全的高度。让他魂飞魄散，时刻感受到什么叫危在旦夕。

回到沈家，沈先礼把白玺童抱起走进卧室，一下扔在床上。这样的动作白玺童再熟悉不过，他要把白勇坏了他名声的罪名，一并报复在白玺童身上。

他捏着她的脖子，在她背后阴阴地说："听说你今天犯病了是吗？"

白玺童不语，任他把自己的颈部捏出红印，愤恨地盯着他的手，也并不知宋沛菡已经把自己装病的事情告诉了他。

"这幻想症还真是来得及时，你这么喜欢，那不如把之后你要遭受的这些也当成是幻想吧。"

"你要干什么！"

"新婚之夜，你说我要干什么？"

第九章
前　夜

Part 1 ......

沈先礼擒着她的肩膀从后面贴着她，不知是他的手太大力，还是其他的什么别的让她承受不住，她只觉得身体里像是被搅得天翻地覆，肝肠寸断。

她实在经不住这样的冲击，出于自我保护的潜能，侧头把沈先礼的手狠狠地咬了一口，她不松开嘴，这股痛感又通过手传回给沈先礼，而这样的一个传递，让沈先礼更加使劲。

如此一来，这就成了恶循环。

于是白玺童咬着他，泪滴不自觉地跌落在他的手背，和被咬之处的灼伤感不同，沁凉的泪刚好缓解了疼痛。但这只是暂时的，随着动作幅度越来越大，她嘴下的力气便也在加码。

终于沈先礼的手背被她咬出的齿痕都有些微微渗血，他随手扯来扔在地上的新郎领带勒住她的嘴，她不得不又转过头去，被他从后面拽住。

他像是驭马的将军，越过崇山峻岭，游过奔涌江海，上天入地无所不能。

白玺童从来没有奢望过成为沈夫人之后，沈先礼对自己会有多尊重。她心里明白，即便他没有透露分毫理由，但这里面一定是有隐藏利益。

所以，在新婚之夜，沈先礼对她一如往常的欺凌，没有一点疼惜和爱护，她也习惯了，就像两年来每一个饱尝苦楚又无力还击的夜。

一夜过后，又是新的一天。

白玺童在大婚之日就清掉了所有知道旧情的用人们，如今这些新人，每一个都是她点头通过的。

他们一清二白，没有像刘碧云那样对沈家的感情，也没有祝小愿对沈先礼那样的私情。

最主要的，是她们对自己就像对待真正的少夫人，低眉顺目，言听计从。这样一来，就好像过往两年间，那个在这栋房子里那个屈辱的自己被彻底抹掉。

而她，只需扮演好一个恩威并施的女主人，假装好对沈先礼恩爱有加的妻子就好。

她需要大幕落下后的观众，和与自己站在一边的知情人士。

仅三个月，白玺童就做到了，沈少夫人的形象深入人心。

用人们于她的操控下，在沈宅山顶别墅有条不紊地运转着，像是这出好戏中平凡又至关重要的每一块齿轮。

白玺童对她们很好，她从可怜虫摇身一变成为人人称道的善良女主人。

她在用人面前，温婉贤淑，善解人意。无论是女佣失恋，还是丧母，她都会准假让她们去散散心。她体恤用人，有口皆碑。

她喜欢在庭院里赏花或是画画，天气好了也会兴致勃勃地放风筝。遇到园丁还会聊上几句，不多日和园丁也能自然地攀谈几个来回。

大家都喜欢她，她苦心经营的新形象，回报就是所有人都对她言听计从。

一天沈先礼外出，天降瓢泼大雨。

她在大厅里看着自己以前那个房间下的玫瑰园被豆大的雨滴浇得泥土外翻。

这里面的秘密，她今天就要让它公之于众。

　　园丁怕花被大雨浇坏，赶忙冒雨企图在上面铺一层塑料薄膜保护。正好抬头看见窗户里面的白玺童也正往这边看，朴实的园丁朝她笑了笑，却见她向自己招手，叫他过去。

　　她不顾大雨，把窗户打开，雨滴像是夜晚的小飞虫，看到有可乘之机，就蜂拥一般冲进屋里。

　　但她一点都不在乎，任头发渐渐都有些微湿，也执意吩咐园丁："我正打算把这里换成新的品种栽种，你趁凌乱把这里都刨掉吧。"

　　园丁看着被大雨浇得七零八落的玫瑰花，想来也是，趁泥土浸水比较容易拔出玫瑰根络，不会破坏土壤，便动起手来。

　　白玺童在屋子里等着她预期中的叫喊。

　　果然，二十分钟之后，园丁从花田一头紧张地跑过来，步子迈得太大又太急，在泥土中深一脚浅一脚的，跟跟跄跄险些摔倒，到了窗下，满脸恐惧地疯狂敲打着玻璃窗。

　　水滴模糊了玻璃窗，白玺童只能看清他的轮廓，其实根本听不见他在说什么，但这本就是她安排的，听不见却不代表不知道。

　　轮到她上场表演了。

　　她往外庭院走去的时候，园丁正火急火燎地往入户门跑，脸色苍白，像是发现了什么不得了的东西。

　　他上气不接下气，手里捧着一个手掌长的玻璃棺椁。

　　"少夫人，这……这不知是什么……我刚翻地，一下子看到了。"

　　雨声潺潺，他们在屋檐下，耳边是嘈杂的雨滴打在墙上、地上、玻璃窗上和心上。

　　白玺童的泪水夺眶而出，但她表现得却想要试图忍住。她抬起手拭了拭眼泪，背过身去假装让自己冷静一分钟。

然后等再次转过身时，已经调整好情绪，稳定住，委屈又悲伤地小声说："这是我们的孩子。"

园丁听了大惊失色，舌头直打结，手足无措。

这样敏感的话题，明明躲都躲不掉，自己可好，等于把小少爷的坟给刨了，怎么想都是死罪。所以，这一听，他也要吓哭了。

白玺童拉过他，像是怕被别人听到似的，往后面走了走。

"这是两年前的事了，那时候我刚进沈家几个月就怀有身孕，先礼不喜欢孩子，执意要把孩子打掉。"

"那怎么埋这儿了，不该进沈家祖坟吗？"园丁下意识地问了句，然后又马上觉得自己不该问，"对不起少夫人，我多嘴了。"

白玺童摇摇头："没事，这事藏在我心里这么久，我不敢跟别人说，既然你知道了，也算给我个机会倾诉一番。"

"如果少夫人想找人说说话，我很乐意陪您，您放心，我一定不会说出去。"

"我们刚在一起的时候，先礼就说一定不能要孩子。每次事后他都让我吃药，但一次疏忽，就有了。"

她看了看雨，顿了一下，又悲情地继续说："我不知道自己亲生父母是谁，所以特别想留住这唯一的血脉之亲。但怎么苦求他都不行，最后他还是给我服下堕胎药。"

"平时看少爷那么文雅，怎么会……"

"他可能有自己的苦衷吧。孩子没了，我求他让孩子入土为安，清明节也能吃点祖先香火。但他一定要埋在院子里，说是给我的警告，让我以后都断了要宝宝的念想。"

初为人父的园丁很是同情白玺童，但自己人微言轻，实在无力帮忙，只是一边叹着气，一边点着头，说着："苦了你了。"

白玺童这时却破涕而笑，反过来安慰他："不过现在我又怀了，这一次我说什么也不会再让他拿掉这个孩子，能瞒一天是一天，你可一定不能让他知道。"

园丁连连许诺自己一定不会走漏风声，更让白玺童好好养这一胎，总会有办法保得住。

结婚之后，有了一纸婚书绑定，沈先礼倒是不再束缚白玺童的人身自由。

她有时会带上一个得心应手的女佣，逛逛街，到处走走。一来二去，从第一次沈先礼带她去新光商场的刘姥姥进大观园，到现在已是轻车熟路。

而此时这里所有眼高于顶的店员没有不知道沈少夫人的大名的，起初她们还对她卑躬屈膝、阿谀奉承，几个月下来，见她亲切友善，慢慢便随意很多。

白玺童喜欢跟她们像朋友似的聊上几句，从衣服的款式到最近的社会话题，她都乐意说说。

店员自然喜欢亲近这样的大人物，套好关系不仅自己的业绩会大幅度上升，还乐得有了跟别人吹嘘的话题。

她最喜欢光顾的店是DFW，倒不是因为他家的设计有多么合她的心意。最关键的是这家负责接待她的丽萨是号称全新光商场最八卦的店员，正是她需要的那种人。

这天，白玺童去逛街之前，特意多吃了一碗米饭，这还不够，临近新光商场又一口气喝掉一瓶可乐。

如此一来，本来平平的小腹，微微隆起，不好说是不是像孕妇，但起码会觉得是胖了。然而，三人成虎的故事，确实是以讹传讹的典范。

当她特意挺着吃饱喝足的肚子走进DFW，丽萨满脸堆笑放下正在导购的客人，就来招呼她。

丽萨把白玺童带去VIP贵宾室，手脚麻利地从后库拿出不给人看的最新款，干净利落的剪裁正合她心意。

　　在丽萨拿出来不下十件的衣服里，她只选中这件试穿。当她走出试衣间，丽萨在一旁大加夸赞："沈少夫人真是穿什么都好看，您看，您这比模特上身都更美艳。"

　　白玺童礼貌地笑笑，对着镜子看似照自己，其实却一直特意把肚子朝向丽萨。

　　她身上一点赘肉都没有，长时期在这里买衣服，用心的丽萨早就对她的身体管理情况很是了解，见她微微隆起的肚子，还在想是不是胖了，突然灵光一闪，想到也许是有喜了。

　　但丽萨很谨慎，她怕万一自己说错了话会惹得白玺童不高兴，便一点点试探着来。

　　"沈少夫人，您最近气色不错，是不是换了新的SPA会馆？"

　　"有吗，可能是因为这几日睡觉多吧，总是困，不都说是美容觉吗？"

　　"那您最近这几天食欲怎么样？"

　　白玺童并没有正面回答，而是打趣她："怎么，你看我胖了？"

　　"哎哟，瞧您说的，您这身材一看就是怎么吃都不胖的人。您可一点没胖，只是看您气色这么好，我还在想着是不是该跟您道个喜？"

Part 2 ……

　　丽萨明白像这样的名门贵妇即使有了身孕，不到三个月也一定不会公开，但为了讨个好彩头，被人看出来的话就会心照不宣地给些赏钱。

　　白玺童自然不言语什么，只是在临走前，在结账的时候多划了一笔两万元的小费给丽萨。丽萨喜不自胜，心里坐实了这个八卦新闻。

于是不出一天，整座新光商场的店员都知道白玺童怀孕的消息，甚至在下次订货品的时候会推算她的孕期，留意适合孕妇穿的款型。

白玺童购物回家的时候，沈老太太正在收拾东西准备搬回沈家祖宅。

自从她被白玺童发现了暗地里做的事，她就有意回避白玺童。但婚礼之后，她就更觉得沈老太太看自己的眼神躲闪得厉害。

沈老太太不能走，她是白玺童重要的一步棋，有大用处。

于是白玺童在人前，假装温婉的儿媳，说道："妈，给您买了条裙子，您过来试一试。"

沈老太太岂会不知白玺童是有话要跟自己说，三个月来她夜不能寐，想到白昆山给她下的指令，就觉得心惊胆战。再在这里住下去恐怕身体要熬坏，她想尽早搬离从长计议。

这一被她叫住，本就心里有愧，更自觉矮了一截。

关上门，婆媳二人都露出真面目，白玺童坐在卧室的高脚椅上，腿就那么晃着，一点没有了在人前对她的尊重。

沈老太太却刚刚相反，不再是高高在上的模样，而是规规矩矩站在一旁。

"你还不能走。"

"让我回去吧，我不在这里碍你眼岂不是更好。"

"我不是在跟你商量，如果你不怕你害沈先礼的事情败露出来，你就试试。"

沈老太太年近六旬依然风采不减，多年的养尊处优早就把早年间那个小丫头嫣云给磨得一点都不剩。

要说之前她尚且害怕沈先礼知道自己害了沈家，但时至今日，连沈先礼的命都在她方寸间，区区一纸名单，算得了什么。

白玺童不知道，沈老太太之所以对她言听计从，早就不是因为那张纸的事情了。

而是在婚礼当天，她看见白勇大闹婚礼，才恍然大悟，这个女孩竟是白昆山的女儿。

当年白昆山正在危难之时，把独女白玺童临危托孤给洛天凡，凭借她在沈家的地位，才觉得这里最安全，连同洛天凡一起安插进沈家。

但对于沈老太太来讲，她是自己情敌之女，疯魔的爱已经让她丧失理智，她以为宛舟已死，若白昆山失去了和她唯一的血脉联系，慢慢就会淡忘，自己就能得到他的爱。

于是偷偷把白玺童送给别人，又躲在后面跟着那人，看到她交到白勇妻子手里。

这件事，在她心中一直是深藏多年的秘密。她数十年如一日的梦魇，全部是担心一朝事发白昆山会对自己心生恨意，再无机会。

白玺童并不可怕，沈老太太忌惮的是她的真实身份，如果一朝相认，后果将不堪设想。

自从认出了白玺童，她越来越觉得她眼眸里的寡绝像极了白昆山。

"你让我留在这，到底是要我做什么？"

白玺童从高脚椅上跳下来，凑近了沈老太太说道："我要你帮我把沈先礼送进监狱。"

"你疯了吗？怎么会觉得我会害我的亲生儿子。"

"你没得选，这对你而言恐怕是最好的结果。除非……"

"除非什么？"

"除非你想遵照那个神秘会长的指示，杀了他。"

沈老太太花容失色，吓得连连后退，神色慌张，怎么可能，她怎么会知道那通电话，难道说她已经和白昆山相认了吗！

"你，你怎么会？你究竟知道些什么！"

"你别管我知道什么，这一刻，你能认清我其实是在帮你就好。这双赢的事情，你没理由不做。"

见她不作声，只是瞬间像是尤助的孩子般缩在墙边，嘴里嗫嚅着："你们为什么一定要这样置先礼于死地……你都已经是沈家的人了，还想要什么？"

"这你应该最清楚，你当了沈家三十年的太太，还不是连亲生骨肉都不敌那个男人一句话。"

"你！"

白玺童和沈老太太并肩而站，她亲昵地拥住她颤抖的肩膀："我来给你讲一个《以撒献祭》故事。"

小的时候，她捡到过一本《圣经》，里面有这样一段。

亚伯拉罕是上帝的信徒，为测试他对自己的忠心，上帝要亚伯拉罕把儿子以撒带往摩利亚地的山上，把他献为燔祭。

亚伯拉罕清早起来，备上驴带着用人和以撒就前往指定地点。他把燔祭的柴放在以撒的身上，自己手里拿着火与刀，独带以撒上山。

到了地方，他捆绑住以撒放在柴上，伸手拿刀就要杀了以撒。

这时，耶和华的使者从天上呼叫他说，不可在这个童子的身上下手，一点也不可害他！现在我知道你是敬畏神的，因为你没有将你的儿子，就是你独生的儿子，留下不给我。

亚伯拉罕举目一看，果然在小树中有一只公羊，是神安排代替他儿子的燔祭。

"所以，此时，你就是亚伯拉罕，你的神正在测试你是否忠心，而我的这个计策正是解救沈先礼的羊。既让你对那个人有了交代，又不至于让沈先礼有性命之忧。"

沈老太太故事听得似懂非懂，但如果真像白玺童所言，却不失为两全其美的办法。这可能，也是她唯一的出路。

经过十几分钟的沉默和思考，最终她点点头："说吧，你需要我怎么做？"

白玺童告诉了她自己的规划，当然只是需要她做的那部分。然后就拨通了洛天凡的电话，这个人也是必不可少的帮手。

"洛叔，你可不可以救救我？"

早上的时候白玺童听到沈先礼打电话，听他说今天要飞东京谈生意明早才到家，正是她部署的好时机。

明天正是小年夜，沈老太太出面给沈宅山顶别墅的用人全部放一天假，大家很开心的，有很多人今晚就在收拾东西准备回家。然后又打电话给保安，让放行洛天凡。

洛天凡从缅甸回来越显老迈了，他拖着微跛的腿上楼梯时，听声音就能感觉到艰难。

而当他走上二楼，沈老太太在沈先礼的卧室门口向他招招手，让他进来。

他一进门，看到白玺童跪在地上在等他。

"少夫人，您这是做什么！"说着赶快挪步过去扶她站起来。

但白玺童不肯，哭得梨花带雨，求他道："洛叔，你救救我，只有你可以救我。"

"万事好说，您先请起，我怎么能担这一跪。只要我能做到，一定竭尽全力效劳。"

听到这话，白玺童才起身。虽然在心里她知道洛天凡是沈先礼的心腹，但从他的眼神里，看到的对自己的关切，错不了。

她说不上来为什么洛天凡会对自己这样好，但直觉告诉她，这个人可以信赖。

"求你把我带出去。"

洛天凡猜不透白玺童的用意，不解地问："据我所知，现在少爷已经不再约束您的人身自由，您想去哪里，大可以随便走，不是吗？"

"我是可以出去，但是却不能逃出他的眼睛。白天我出门逛街或是去任何地方，我知道他即刻就会知道我的行踪。这一次，我是下定决心要离开沈先礼。"

"您可知道，沈少夫人这个位子是多少人梦寐以求的，您当真不留恋？"

白玺童面露难色，委屈地说："我在这里没有一天是快乐的。"

洛天凡看着心疼，对他而言，白玺童今大的一切都是自己当年的疏忽造成的，这份责任和愧疚让他重逢后立誓一定要补偿这个无辜的女孩。

他道："您受苦了。"

白玺童说道："不仅如此，沈先礼他安排人打掉我的孩子。他对我没有感情，娶我也不过是出于什么目的罢了。"

"什么目的？"洛天凡惊讶于白玺童竟会如此聪明，担心是不是走漏了风声，看了看坐在一旁的沈老太太，明显她能坐在这里，就说明也已经被白玺童拿下。

然而洛天凡此时担心的是，白玺童对他们之间的关系了解多少，对白昆山又知道些什么。

但沈老太太微微朝他摇了摇头，他才放下心来。

"不管是什么目的，这沈少夫人的生活我是决心不要了，我宁愿当普通人，哪怕是一个平凡的穷人。我现在一看到他就觉得在和我的杀子仇人同床共枕，心就好痛。"

帮白玺童逃跑毕竟不是件小事，如果被沈先礼知道，他自己恐怕难辞其咎。但她在沈家的遭遇，他又岂会不知。

他也确实该给白昆山一个交代，毕竟这也是白昆山放他回来的条件。

所以他答应了，根据白玺童的交代，回到车里在山上停到不起眼的地方等了一夜。

清晨雾气四起，沈先礼已经回到家中酣然大睡。用人们因为放假，天一亮就都离开了。空空荡荡的山顶别墅里看似一尘不染，一如往常，但这却注定是不平凡的一天。

因为，白玺童死了。

第十章
绳之以法

Part 1 ......

滕明街的清晨，被不绝于耳的警车鸣笛惊醒。

在这富甲云集的高档住宅区，警车的光顾还是第一次。

警察悄无声息地隐秘封锁滕明，并向闻声前来穿得体面的管家用人们鞠躬致歉。

一幢幢富丽堂皇的独栋别墅里，好奇的人们正端着喝到一半的咖啡，遥遥地望向警车所停的那遗世独立的山顶别墅——沈宅。

"出了什么事？"市公安局局长不动声色地问管家。

"是沈家，老爷。"

管家半弓着身子答话，"像是遭到抢劫，家里被砸得稀烂，家里的值钱东西好像也少了几样。只是奇怪得很，偌大个沈宅一个用人都没有，简直就是被闯了空门……"

"恐怕没那么简单。"

丽萨穿着丝缎如云的睡衣步履蹒跚走过来，听见刚刚他们的议论，本被吵醒的怒气瞬间全无，好奇地凑近窗户，努力想看个仔细。

"哎哟，居然是沈家！不得了，不得了，谁居然敢在这时候动沈家，惊了胎气，我看一个小毛贼想死无葬身之地！"

"你说什么？"

"就是那个沈少夫人嘛，她是我店里的顾客，前几天我看出来她怀了宝宝呢，不知她有没有事。不行，我得去看看，正是拉拢她的好机会。"

丽萨眉飞色舞地说着，讲到这里突然恍然大悟，愣了两秒之后飞快跑出门去，连外衣都没顾得上罩上一件。

"我说别人家的闲事你就少管……柏叔去让人跟去给她披件衣服，像什么样子。"

她是局长的新任女友，爱凑热闹的性格，真是让人头疼。

但相比之下，沈家遭劫这种百年难得一遇的新鲜事，更让局长上心。

而此时的沈宅山顶别墅，新上任的督查亲自带领重案组整队人马倾巢出动，要知道这可是H市赫赫有名的沈家，稍有差池，他这个督查的乌纱帽恐怕难保。

报案人是沈家一个女佣，本来大家都走了，但她半路发现有东西忘记拿，便半路折返回去。岂料再回去，大厅已经乱得不成样子，像是刚刚进了贼，吓得赶紧报了案。

女佣自己在空无一人的沈家吓得不成样子，知道大家都放假了，她只好喊着"少夫人"，但是楼上楼下地找了一圈人，也没有白玺童的踪影。

末了她斗胆闯进沈先礼的卧室，正逢他刚刚洗完澡，从浴室走出来。

半小时后警察就马不停蹄赶来，极尽奢靡的沈宅眼下一地的碎片，大家小心翼翼地不破坏现场。女警陈依依仔仔细细地取样，一抬头竟然在沙发边的雕花缝隙中发现一滴血迹。

陈依依警校毕业七年，在一群男人堆里却屡破奇案，她素来以直觉灵敏著称，而这次她打从进门开始就觉得事情没那么简单。

发现血迹后她第一时间向督查报告，督查一听汗毛都竖起来了，本来沈家报案失窃都是划为A级处理，要是再牵扯到人命，可能几年一遇的S级就要定档了。

督查急得满头大汗，还是沉着的陈依依提议先第一时间组织法医化验，还原案发现场。

她找来女佣询问，胆小的女佣还不知事情的走向已经演变成人命案了，还停留在盗窃，很怕自己被当成犯罪嫌疑人，泣不成声，一直在解释自己只是中途回来一下而已。

陈依依安抚着她的情绪，让她仔细回想事情的经过，不遗漏任何细节。在听到陈依依说当时在这里只看到沈先礼刚出浴时，她似乎察觉到可能是本案的关键性人物。

"沈先生人呢？为什么现在就只剩下你自己。"

"警官我真的什么都不知道，我见到少爷后，他就说有急事赶忙走掉了，留下我自己在这里等你们来，我也好怕的。"女佣泣不成声。

沈先礼身份尊贵，没拿到证据之前，是万万不敢缉拿他的，唯有在这里守株待兔，一面等法医报告，一面希望沈先礼早点回来接受调查。

陈依依环顾四周，又在地毯边缘找到一根女人的长发，她叫来法医一并带走。

然后继续问女佣："这栋别墅，平时除了沈先生外，还住有什么人？"

"还有我们少夫人和老夫人，以及一些女佣、园丁和安保人员。"

"那怎么现在一个人都没有？"

"老夫人说今天过小年，给大家放一天假，所以全部工人都走了。"

"这么大的房子，连一个用人都不留？"

"好像是这样的，我们做用人的，自然不会想这些，主人都说放假了，当然都高高兴兴回家去了。"

"那老夫人和少夫人呢？怎么她们也不见了？这大早上的，能上哪去。"

陈依依在女佣这里也没问出来什么东西，只想着要尽快找到另外两个女主人。

外面警员在地毯式地搜索，突然有一个年轻警员急匆匆跑来报告。

"依依，发现沈老太太了。"

陈依依腾地站起来，张望着："人呢？"

"在后面。"

然后，两个警员搀扶着头发凌乱的沈老夫人。

"哪找到的人？"

"地下室，被人用绳子绑着。"

陈依依见到她，赶快过去帮忙，把她扶到椅子上，女佣也有眼色正想倒杯热水给老夫人，却被陈依依以不要破坏现场为由制止住，随手拿了一瓶外面带进来的矿泉水给她。

"沈老夫人，您记得是怎么遇害的吗？"

她不说话，靠在椅背上摇了摇头，有气无力地看着陈依依，眼睛里写满了恐惧和悲伤。

沈老太太年事已高，刚经此大祸，陈依依也不敢贸然地审讯她，只好等她暂且休息一下，再好好调查。

陈依依心里盘算，现在就差沈少夫人白玺童了。

至少保证沈家人的安全，是现在的第一要务。即便人命不分贵贱，但如果遇害的是用人，沈家至少不会怎么大动干戈，如果是少夫人，恐怕整个警局再无宁日。

正在这时，鉴证科送来验血报告，陈依依接过报告单，在众目睽睽之下看到上面清晰地写着：证实血迹中的DNA与白玺童的吻合，百分之九十九的概率属于沈少夫人本人。

一片哗然。

沈少夫人恐怕已经遭遇不测，凶多吉少。

督查已经接到警察局局长的电话，火速赶回警局立案，山顶别墅留给陈依依他们等待现场还原。

不出半个小时，一张大厅血迹还原图递到陈依依手里。

这本就深色的地毯最容易隐藏血迹，她本以为会是触目惊心的还原图，却并没有什么，只不过依稀有几滴血，不足以说明什么。

旁边一起看的警员松了一口气，安慰着陈依依："可能只是我们想多了。"

陈依依却不这么认为，这最多说明这里并非第一案发现场。只要沈少夫人一日没找到，就不能有半点松懈。

她突然想到女佣之前的描述，沈先礼在案发之后在洗澡。

洗澡，洗澡……水！正是掩盖血迹最好的地方。

陈依依命鉴证科的人对沈先礼卧室的洗浴间进行血迹还原，果不其然，在一尘不染的表面之下，呈现大片白玺童血迹的化学反应。

她盯着还原图上血流如河的惨状，倒吸一口凉气。

在场的警员凑过来，避人耳目探讨着案情。

"是谁竟然敢对沈少夫人下手，她一个女人，能和人结什么仇。"

"会不会是自杀？沈先生大婚的时候，你们记不记得少夫人白玺童的养父出来大闹婚礼，好像被害人的身世很有问题。"

"那也不至于自杀吧，要是在意，当时就会发生这种事，怎么会等到结婚都好几个月之后才想起来自杀。"

陈依依听着他们的讨论默不作声，毫无头绪。

"报告！有一个女人在门口说知道受害人白玺童的信息。"

"带她进来。"

在沈宅山顶别墅，临时择了一间屋子当作审问室，陈依依和另外一名警员坐在桌子对面，另一面是被带进来了解情况的知情人——丽萨。

"你和沈少夫人，也就是白玺童是什么关系？"

"我是新光商场的店员，沈少夫人常光顾我们店买东西。"

"她的事，你知道多少？"

"沈少夫人人很亲切，不会像一些豪门太太那样对我们呼来喝去。她为人客气，或多或少还跟我们聊上几句。出手也阔绰，心情好了小费也会多给些。"

陈依依做着笔录："说下去。"

"啊，前两天她还来我们店，多刷给我两万块的小费呢。这么好的人，谁会想要害她。"

"平时她就给这么多小费吗？还是这次有什么特殊原因？"

"当然不会，这次是她怀孕了，我向她道喜，她才包了红包给我。"

"白玺童怀孕了？！"

这对案件来说可是至关重要的信息，在这样关键的时期遇害，显然不是谋财害命。

四下骤然安静下来，一旁的警员凝神屏气，丽萨赶忙不动声色地往后挪椅子，朝着陈依依的身后喊了一声，"沈、沈先生。"

沈先礼站在门口，表情平静地像是刚喝完早茶回来，没有一丝波澜。棱角分明的脸，在阳光的阴影里越发显得冷峻。只有不为人察觉的眼底红血丝出卖了他，波谲云诡。

"滚。"

Part 2 ......

入夜下起雨来。

忘记关的窗户，给大雨有了可乘之机。沿着窗的大理石地面被打湿，"啪嗒啪嗒"的响动在寂静的屋子里显得突兀。

King大床上，白玺童的长发散开在洁白的床单上，像工笔画里的水墨莲花，还氤氲着淡淡馨香。

她闭着眼，睫毛在胜雪的肌肤映衬下更显浓密，伴着空气中弥漫的水汽，间或微微抖动。她总是这样美得不动声色，却轻而易举就勾人心魄。

也不知道已经是几点，天已经蒙蒙亮。她被雨声吵醒，从绵软的床被中起身，踮着脚去关窗。

这幢庸会所隐蔽的小别墅不过两层，她住在二楼刚好能碰触到院子里亭亭如盖的树。在倾盆大雨的浇灌下，树叶被洗得发亮，不经意地触到她指尖，感受到一阵冰凉。

而那种冰凉从指尖传到心口，让她不禁一哆嗦。任何凉意，都能让她联想到这两年被囚禁的日子，那个待她凉薄的男人，用尽心力只为对她肆意折磨。

她站在窗边，望着飘泼大雨，回忆起那些不堪入目的欺凌。

人人道，H市的沈先礼是乘龙快婿的不二人选。他是生意场上的麒麟之才，接手家族企业不到十年就已经呼风唤雨。

他是出手阔绰的大慈善家，面对天灾人祸总是会慷慨解囊责无旁贷。

他温润如玉，举手投足无不尽显绅士风度，俘获少女芳心无数。

可谁又料想，这样的一个有口皆碑的男人，竟然是道貌岸然的伪君子。

数月已过，恍若前世。他们之间的恩怨，至此算是一笔勾销。

白玺童精心布下的局，大幕已经拉开，人去楼空的山顶别墅里，此时所有人都会以为她已经死了吧。

她专心想着那边的事，没有注意到门是什么时候开的。

伫立在门口许久的洛天凡看着夜色下的她出神，这样做，是不是也算对她偿还清了当初的亏欠。

他不自觉地攥了攥黄花梨木的拐杖，木头在他的压力下发出一点响动。

白玺童回过头，看着他，笑得那样纯真，像是终于脱掉自卫的铠甲一般。

"洛叔，我们是不是成功了？"

她像小女孩一样，殷切地希望得到他的肯定，见他不说话，又焦急地确认着："是吗？"

洛天凡重重地点了点头，报之以微笑："是的，白小姐，我们成功了。"

白玺童高兴得像个兔子，在房间里一蹦一蹦的，欢快极了。本来紧张压抑的时刻，因为她的欢脱而一下子明亮起来。

即便是在夜里，也像是有了光。

洛天凡都被她带动得由衷高兴起来，不管未来将会面对什么样的困难，多么荆棘的路，这一刻因为自己而让白玺童笑起来，也算值了。

她笑起来真好看。

整整两年，不，算上之前的十几年在白勇家，她的前半生从来没有一次敢这样开怀过。她就是笼子中待宰的羔羊，不知什么时候就会命丧黄泉。

这是她对命运的一次反抗，置之死地而后生的庆祝。

她高兴够了，依偎在沙发里，和洛天凡静静看着窗外的大雨出神。

"那边进展得怎么样？"

"老夫人说，一切依计划进行。今天警察已经到了，做了现场还原图，在浴室里找到你的大量血迹，当时就开始立案调查。"

"他呢？"

"您呢？"

"我怎么了？"

"那么多血，您自己是怎么做的，现在有没有不舒服？"

洛天凡有意无意地看向白玺童的手腕，只看到婚礼当天她微微割破的那道浅浅的疤，此外再无新伤。

"我没事啦，那些是我这三个月来每天都会抽出来一袋血，在安全范围之内的血量，积少成多。"

"现在所有的证据都只是表面，还都没有指向少爷，可能就只有他出现在案发现场让人怀疑。后面你有什么打算？"

"我自有安排。"

有了沈老太太和洛天凡这两个帮手里应外合，真是让白玺童有如神助。没想到自己在选人上面的眼光，也得到她亲生父亲白昆山的真传。

洛天凡坐在她身边，和沈老太太如此搭档，感慨着血缘的奇妙。

"洛叔，你为什么会把我安排进庸会所？这里人来人往，我不会被发现吗？"

"白小姐可否听过大隐隐于世？"

"听倒是听过，只是这里我曾经来过，听说都是有钱人聚集处。你也算H市有名望的人，不怕工作人员暴露出去？"

"不怕，我就是这里的老板。"

白玺童惊讶地说："原来你就是这里的老板，那上次郭伟昌在这里对我图谋不轨，也是你安排警察来救我的？"

"是的，从他带您离开沈宅山顶别墅，碧云姐就打电话告诉了我。我料到他会带您来这里。"

"早知道……唉，亏我当时都吓死了。"

事到如今白玺童再聊到当初那件事时，已经不再害怕，那感觉就像说起一次远行或是被家门口的恶狗吼了几声一般。

洛天凡心中对白玺童是如何支配得了沈老太太的事一直存有疑问，借此机会，他问："我告诉您一个秘密，您是不是也要回报我一个？"

"当然，你想问什么？"

"您是怎么知道沈老太太和白昆山的对话？"

"自从上次翻到她私藏名单给人偷偷报信，我就知道她有问题，于是趁她不备在她手机里装了窃听器。那天，就听到那个人给她打电话说让她杀了沈先礼。"

洛天凡装作惊讶地看着她。

但她却似乎发现了什么蛛丝马迹，诡异地笑着问道："我可从来不知道对方的名字，洛叔是怎么说出白昆山的？"

想不到向来心细如尘的洛天凡竟然犯如此低级的错误，一时失言，还被机灵的白玺童发觉。

白玺童看着洛天凡脸上表情细微的变化，假装不在意地笑笑，缓解了他的紧张。

"你放心，不干我的事，我是不会多问的。我要的结果只是让沈先礼付出代价。"

洛天凡不好再说什么，虎父无犬女，这个女孩看似天真，但非等闲之辈。

天初亮，雨歇风骤。

"洛叔，一会能不能帮我请个人来？"

"白小姐您吩咐。"

"叫司远森，你见过的，上次我们在半路，拦车的那个人。"

"好的。"

临走，洛天凡冷不丁问白玺童："等这件事告一段落，您想不想去旅行？"

白玺童纳闷，怎么他会突然提起旅行，就随口搭话："去哪里旅行？"

"比如缅甸。"

如果说白玺童最信任的人是谁，当属司远森了。这时候，她需要司远森，这件事也只有他来做，自己才最放心。

司远森第一次来庸会馆，像这样往来无白丁之地，怎么会是他毛头小子知道的。

当洛天凡找到他，带他来的时候，他还很疑惑。为防止隔墙有耳，洛天凡也并没有透露白玺童，只说有要事商量。

但司远森曾拦过这辆黑色的迈巴赫，隐约间猜测着是不是跟白玺童有关。

果不其然，找他来的，正是曾无数次出现在他梦里的白玺童。

虽然心下有准备，但四目相对时还是让他很动容。

尤其当白玺童静静地说了句："远森，我自由了。"

他拥她入怀，把她抱得紧紧的。这一句话他等了太久太久，久到已经不记得她头发的香味和身体的绵软。

司远森说道："我带你走，现在就走。"

"等等，事情还没有完全结束。我需要你帮我收尾。"

"好，你说，我一定去做。"

"我要把沈先礼送进监狱。"

司远森不知道白玺童有什么打算，听她说完完整的计划，他是她唯一敢把所有计划和盘托出的人，但他听着她每一步都精妙部署，环环相扣，却只觉得好心疼。

她本该在阳光下没心没肺地当个傻姑娘，但这命运却必须推着她成长为诡计多端的女人。

自从他知道白玺童被卖到沈家，为救她出来，他便不再在律师事务所工作。他埋头苦读，势要考入检察院，搜集沈先礼的不法证据，将他绳之以法。

但一年多下来毫无进展，沈氏集团无论是在账目上还是生意往来上，都清清白白。

却不料白玺童不惜用一场假死，送他入狱。

司远森检察官的身份到底还是派上了用场。

"童童，你说的是，要我以检察官的身份控告他谋杀吗？"

"是的。"

"但即便你部署好所有的人证物证，没有尸体，也不会判处他死刑的。"

"我不要他死，我要他求生不得求死不能。他欠我的，岂是一命抵一命这么简单。我要让他终年在暗无天日的监狱里，对出狱怀有希望，但只要我一天不现身，他就是犯罪嫌疑人。"

警察局门口，一个男人这一天都在转悠，探头探脑，但又要进不进的样子。

临下班，陈依依看见他，只觉得鬼鬼祟祟的，便喊过来盘问。

他一看是警察，下意识地就要跑。

陈依依更觉得不对劲，赶快叫人把他按住，带进警察局，问他为什么在警察局门口，有什么事情。

那男人坐在审讯室里，连喝下三杯水压惊，总算给自己些许勇气。

"警察同志，沈宅山顶别墅的案子，我有线索要报告。"

Part 3 ......

这个来警察局报案的男人正是在沈宅山顶别墅工作的园丁。

他本就是正直的老实人，加上念及平日里白玺童对他不错，一听说少夫人出事了，就心神不宁，总觉得跟那件事有关。

于是犹豫再三，还是鬼使神差地走到警察局。

"你有什么线索？"

"警察同志，我是沈宅山顶别墅的园丁。听说我们少夫人出事了，我知道一点消息，不知道对你们破案有没有帮助。"

"好，你说。"

"几日前的那个大雨天，我收拾庭院，在土里发现了一个胎婴。"说着，他还用手比画了两三厘米的长度，"约莫就这么大。"

"这么小你怎么知道是个胎婴，而不是什么别的？"

"我不知道是什么，那东西还装在一个玻璃盒里，里面还有花，开始我以为是女佣或是少夫人丢的东西，结果仔细一看竟然在里面有一块生肉。我就害怕，去问了少夫人。"

"然后是白玺童告诉你的，那是个胎婴？"

"对对，就是这样。少夫人还偷偷抹眼泪，告诉我说我们少爷坚持不要孩子，那个胎婴就是勒令打掉的。"

一旁的警员自言自语："按常理，这种名门对子嗣都特别在意，求而不得，怎么还能不要呢？"

陈依依看了他一眼，示意他不要在证人面前多说话起到引导作用。然后对园丁说："继续。"

"我也不敢问少夫人为什么少爷不要孩子，只是她还告诉我，她现在又怀有身孕了。为保住这一胎，说什么也暂且不能让少爷知道，等后面显怀了再作打算。"

园丁临出门，陈依依加问了一句："平时你们少爷和少夫人感情好不好？"

"说不上来，反正跟我和我老婆不一样。"

审讯室里只剩下警员和陈依依两个人，年轻的警员发挥着想象力和推理能力，在不停地推测着案件的可能。

"要我说，这明摆着就是沈先礼不想要孩子，和白玺童没谈拢，错手杀了她。"

"那尸体呢？"

"丢失荒野了呗，就沈家那后山，想埋一个人还不轻而易举。"

陈依依总觉得哪里不对劲，半晌突然说："这么一个身份尊贵的少夫人，怎么会把这么机密的事告诉园丁呢？"

"依依你啊就是职业病想多了，阶级感不要那么强，园丁怎么了，谁说不能跟园丁做朋友。"

"那试问咱们局长如果有私生子会不会告诉你？"

"刘局有私生子？！"

"打个比方，比方说！既然怀孕的事要瞒着沈先礼，多一个人知道岂不是多一分泄露秘密的危险？"

"你看这人老实巴交的，也不能是跟沈先礼告密的人。"

"问题是，告诉一个园丁怀孕，对白玺童来说也是没用的啊。如果说为了在自己饮食起居上多注意，那也得是告诉贴身伺候的女佣不是吗？"

"那你觉得是什么？"

陈依依揣度："除非是她的用意就是假借一个人之口，故意让我们知道这件事。"

本案的关键性人物沈老太太，从案发当天就只字不说，陈依依自觉有蹊跷，带着手下的警员二访沈宅。

陈依依他们的警车被拦在山脚下，即便发生了命案，沈家势力还在，不见搜查令不肯放行。

号称警队拼命三娘的她岂会被区区门卫拦住，带上警员就自后山而入，翻过去偷跑进山顶别墅。

沈先礼外出，白玺童又失踪，偌大的沈宅如今只有沈老太太一人坐镇家中。正逢春节临近，用人们将近一半都请假回家去了。

而此时的沈宅正在沈老太太的指挥下，举行一场法事。

方丈在庭院中心打坐，周围是十个粗衣和尚一边敲着木鱼一边念经。他们面前摆着一个祭坛，上面是十余炷香和一道道黄纸红字的血符。

"三千世界 众生有恕 花魂成灰 白骨化雾 六道轮回 苍生尽误 河水自流 枯叶乱舞 今生劫 今生渡 余生孽 余生赎……"

见此阵势陈依依和警员交换了一下眼神，谁也不知道沈老太太这是在闹哪一出。不敢轻举妄动，只好静静观察。

待一个时辰之后，领头的方丈总算停止做法，起身和沈老太太走进大厅，留下一众小和尚继续。

陈依依见状赶忙偷偷赶上，好在念经声四起，顺便掩盖了他们的响动。

她们浑水摸鱼溜进大厅，就躲在窗帘后面。沈老太太恐有人听见，谨慎地又亲自把门关上，周围的女佣也都被打发走了。

房间只剩沈老太太和方丈时，她颤抖地问："大师，我们沈家可还有救？"

"出家人慈悲为怀，沈家这阴魂，数十年我们都在消业，但……唉……"

"那，那可如何是好？我们沈家不能就此断子绝孙啊。"

"当初沈老爷在世时，我就跟他讲过，这是沈家祖辈的业障未消，才会世代受此等诅咒。他不信，还赶我出门。时到今日，果然这诅咒还在继续。"

沈老太太听方丈如此说，面露难色，不知如何是好，不停在房间踱步。

"大师，那可否给我那刚去世的孙儿超度一下，让这可怜的孩子走得安稳平顺些，也算是我这当祖母的唯一能为他做的事了。"

二人云里雾里说了大概十分钟话，陈依依实在听不太懂，见方丈起身就要走。若错过此时抓个现行，下一次再撬开沈老太太的嘴，恐怕不容易了。

不由分说，陈依依从窗帘后面走出，礼貌地说："方丈恐怕还不能走，警方办案，希望二位配合，知无不言。"

沈老太太没想到他们竟一直潜伏在房间里，惊慌地指责："你们这是私闯民宅，我要告你！"

"可以，不过要等我审讯完你们之后。"

沈老太太最终还是一五一十地老实交代了。

相传沈家祖上几代以来，独子单传，且在儿子而立之年以前，为父就会命丧黄泉。沈麓亭不信邪，但最终以自己的意外身亡印证了这点，当时沈先礼不足三十岁。

正是这个原因，让沈老太太终日烧香拜佛祈求平安。

而沈先礼更是因为有前车之鉴，才对生子之事有所忌惮，迟迟不结婚，更不会允许有儿子来到这个世上，成为自己的催命鬼。

不管这个传闻是否属实，至少是让沈家人心惊胆战。信与不信只在一念间，毕竟在性命受到威胁的时候，人是会以自保为上策的。

陈依依听完沈老太太的话对这起案件有了全新的认识，想起那天发现沈老太太的场景，继而又问："老夫人，事发当天的事您还记得吗？"

"那天，先礼发现白玺童怀孕了，碍于这传闻，他便命令她打掉孩子。她不从，反抗先礼，一来二去就撕扯起来。不管怎么说，肚子里的可是我孙子啊，我不能让沈家无后！"

"也就是说，您亲眼所见他们起了争执，还有动作上的冲撞？"

"是的，我上前阻拦，想劝先礼不要轻举妄动，暂且先留着孩子，听大师怎么说。但先礼执意这个孩子不能留，一失手就把我推倒在地，我就昏迷了。再后面的事我就不清楚了。"

出了沈家，陈依依坐在警车里若有所思。

虎毒不食子，不管怎么说，沈老太太这样一番话对沈先礼来讲是非常不利的证词，若不是真相，她万万不会以这个谎言让亲生儿子背负嫌疑。

那么假定沈老太太所言为实，园丁的话便也有了可信度。

如此一来，沈先礼就有了杀人动机。

陈依依这么想着，突然灵光一闪，跟正在开车的警员说："走，去市中心医院。"

一进医院她直奔妇产科，亮出自己的警官证后，就让医生调白玺童的病历单。

若被园丁在花园里挖出来的真是个胎婴，医院一定有堕胎记录。

十分钟后，陈依依拿着白玺童堕胎手术病历单，手术同意书赫然写着沈先礼的大名，而并非父母双方的名字，可见这是一场未经孕妇允许的被迫堕胎的手术。

陈依依询问旁边的警员，"法医报告上写，推断案发时间为凌晨五点到六点，这段时间沈先礼有没有不在场证明？"

"没有，他声称在房间睡觉。"

"那房子里还有别人吗？"

"用人都放假一早就走了，只有沈老太太。但显然她那时已经晕倒，不省人事了。"

陈依依一遇到棘手的案情就会咬指甲，现在当所有人证都指向沈先礼，但她的直觉却觉得这其中有什么他们遗漏的关键信息，第一次她感到无从下手。

物证！

她需要找到杀人凶器，才能进一步判断。于是和警员分头行动，警员带领其他三个人搜寻物证和白玺童的尸身。

而她要走一趟检察院，听一听最近名声大噪的新晋检察官意见。

听说，他的名字是司远森。

第十一章
一切看似尘埃落定

Part 1 ......

沈家豪门杀妻案审判日，法院明令禁止一切媒体入内，对外完全封锁。

消息一出，一片哗然。

网络平台为了争取第一时间爆出新闻，提前就写好了两篇稿件：

一篇标题为《天子犯法与庶民同罪，沈先礼命偿娇妻》。

另一篇标题则正好相反《豪门只手遮天，沈先礼无罪释放》。

即便如此，大家都心照不宣，没有尸首的谋杀案，如何判都说得通。这样一来，检察院岂会不给沈家面子，毕竟这还涉及H市的经济和滨江三省的命脉。

法庭内，只有寥寥数人被允许入内，其中就有洛天凡。

沈先礼坐在被告席一语未发，就连辩护人也并非是什么金牌大律师，不过就是公司的法律顾问临危受命，顶了上来。

警方几天前在沈宅后山搜寻到一把染有血迹的刀，经法医鉴证，该血迹和浴室内的血迹同属于失踪者白玺童，且血检反应确实黄酮值偏高，诊断为怀有身孕。

之后，新光商场店员丽萨、山顶别墅园丁和沈老太太作为人证逐一出庭，所有的证据都指向沈先礼。

由检察官司远森主导，不出一个小时便当庭宣判，沈先礼谋杀罪名成立，即日起入狱。

这宗H市惊天大案居然就这样被定罪，出奇的是权倾朝野的沈家居然也无人上诉。

临出法庭，沈先礼只是和洛天凡讳莫如深地对视了一眼。

没人看见，他居然露出一抹阴谋得逞的微笑。

一切看似尘埃落定。

那些夜不能眠、备受欺凌的日子终将成为过去时。那些人为刀俎我为鱼肉的处境，在沈先礼锒铛入狱的瞬间，她的镣铐也等于随之被解开。

他以整个沈家为她失去的孩子和自己的青春陪葬。

这样够不够？

白玺童不清楚，只是当敌人不再，这份从未有过的闲适和轻松，让她好陌生。

但当她看到司远森带给她的那份血检报告是她始料未及的。假戏真做的是另一个生命，被沈先礼种在她的肚子里，预示着事情还没完。

她对着镜子抚着小腹，曾几何时丧子之痛让她歇斯底里。如今兜兜转转，命运欠她的，都在一个一个偿还回来，这个孩子，就是一切的新开始。

如今，已经再没有人能伤得了他们母子，特别是她手里可是白沈两家百亿家产。

白昆山死了。

在沈先礼入狱当天，死于缅甸飞往H市的私人飞机上。

有传言出走H市二十年的白昆山突然回乡，是早知自己命不久矣，为了落叶归根。

还有传言，他是为了与自己的女儿骨肉相认。

那天陪他上飞机的人是祝小愿，时至今日也没有人知道在飞机上究竟是怎样一场腥风血雨。是飞机遇到气流意外坠落，还是有人暗杀，又或是他心脏病发。

已经死无对证了，飞机上一行五人，全部葬身太平洋，尸骨被人打捞上来已是数日之后。

但早在白昆山生前，就立好遗嘱，全部身家的继承权都归独生女白玺童一人所有。

白玺童飞去缅甸参加白昆山的葬礼，是洛天凡陪着的。

告诉白玺童身世那天，和二十年前一样是个雪夜。

雪特别大，覆盖了整座城市。

像是下空了天上的白云，积攒在十字路口，滨江水上。

莹莹皓皓，一时间什么恩怨，什么是非，什么命运，都被重新洗牌。

洛天凡接到那通电话之后整整三日闭门不出茶饭不思，直到白玺童强行命人打开他房间的门，才看到他颓唐地躺在地上，一身酒气，旁边都是空瓶。

他老泪纵横，眼泪因为他侧躺着而从一只眼睛流到另一只里，像是摆脱了地心引力，灼烧般让他酸楚得直凿地板。

白玺童不明所以，抱起他，说道："洛叔，天大的事，我和你同在。"

而他听见这话，更是呜咽起来："大小姐，是我对不起你们父女。"

"白勇？他怎么了？"

"您的白，是白昆山的白。"

"你在说什么？白昆山他不是那个指使沈老夫人杀掉沈先礼的神秘人吗？"

"您是他的亲生女儿，独生女。"

白玺童得知此事，并没有被白昆山威震四海的名气吓到，也没有为找到生父而感到喜悦。她只是突然脑子里就幻想出一个爸爸的形象，真正视她如宝贝的亲爸爸。

她出神了半天，洛天凡也已经渐渐清醒，二人半天没说话，他从柜子里最隐蔽的夹层小心翼翼拿出一张泛黄的老照片。

"大小姐，这就是会长。"

白玺童接过白昆山的照片，上面的男人慈眉善目，却又目光如炬，不怒自威让人不寒而栗。但旁边的女人笑盈盈的很是亲切，即便时代变迁也依然觉得是百里挑一的美人。

"这是沈老夫人？"

"不，这是您的母亲，会长夫人宛舟。"

白玺童任由洛天凡讲述那段尘封已久的往事，虽然她并未见过他们，但看着照片里的两个人，那些画面却仿佛历历在目，犹如她亲身经历一般。

她坐在沙发上，洛天凡蹲在她脚边，伏在她的腿上，万般抱歉。

这句抱歉，是他自从弄丢白玺童，二十年来最想说出口的话。

"大小姐，请您怪罪我，是我的失职，让您的人生完全颠倒。这二十年来您吃的苦，因我而起，您责罚我，老夫万死不辞。"

白玺童根本无心问责洛天凡，她的注意力全在她的亲生父母身上。她期盼这一刻太久太久，无论是童年时被白勇虐待，还是当初跳江自尽，抑或是大婚当天她以新娘入场。

她多么希望，能找到自己的亲生父母。

那么多幻想终于实现，虽晚但好在得以相认。她只想早点见到白昆山，他是让人闻风丧胆的恶魔也好，他是手眼通天的幕后黑手也罢。

对白玺童而言，只是一个外出二十年，想一回家就看到的那个笑脸相迎的爸爸。

"他在哪？带我去找他。"

"大小姐，会长，他已经不在了。三天前他从缅甸飞回来只为与你重逢，但却机毁人亡。"

洛天凡说到这里，已经发不出声来，一句话断了好几下才完整表述出来。他不敢看白玺童大失所望的眼睛，把造成这场悲剧的原因统统归结于自己的办事不力。

白玺童没哭反倒笑了，笑得前仰后合，笑到眼泪流进嘴里，呛得咳止不住，喘不上气。

几日后当白昆山的尸体日夜兼程运回H市，摆在白玺童面前的时候，他毫无血色甚至因为泡在海里好几天的脸肿胀得不像样。

全然不再是照片里剑眉星目的男人。

第一次与父亲相见竟是这样的场面，此前白玺童所有对他的憧憬，在这一刻百感交集之下，还有对已死之人的惧怕。

白玺童在这之前没见过死人，她对他的感情尚不足以让她忽略这冰冷的躯壳。

所以当她站在停尸间看着他三分钟后，还未等张口说什么，就慌忙跑出去呕吐不止。

她没有当别人女儿的经验，血浓于水的感情也是好生疏。

但这不妨碍她为白昆山举行声势浩大的葬礼，所有事宜由洛天凡一手操办，白玺童因为假死案不方便出面。

就此，统治了几十年H市的风云人物画上句号，自此只手遮天的白昆山退出历史舞台。

葬礼当天白昆山的手下来了近千人，在他的墓碑前长跪不起，清一色的黑色西装在这白雪满地之中格外显眼，像是黑白默片。

白玺童不敢露面，只得躲在远处送生父一程。

这千人散在H市搜寻沈先礼的下落，誓要将他碎尸万段，以祭白昆山亡灵。

不管有没有证据，在白家军眼里，白昆山的死就是沈先礼的谋划。

而洛天凡站在他们中间，表情复杂，因为接下来他将面对的是千人每人一棍的惩处。

他是白昆山的死士，却不承想变为双面间谍，最终都没能保住会长。

数十棍过后，原本跪在地上的洛天凡已经支撑不起，奄奄一息却不求饶。

白玺童看在眼里，即便洛天凡从某种意义上来说是对白昆山的背叛，但久处之下却是她如父如兄的存在，救她于水火。

她不顾自己的安危，挡在洛天凡面前，定定地站在白昆山墓碑前。瞬间成为风暴眼，所有人目光炯炯地看着她，她却不露一丝情绪。

在她的脸上，是白昆山的神情。

雪下得真大。

大片大片的雪花天鹅绒般落下，洛天凡一动不动，这大雪已经把他的头发和肩膀完全覆盖住，像一座冰雕。唯有那条残腿受不了长时间的跪姿，不受控制地抖动。

恍若天地静止间，仅存的生命迹象。

空山松子落，静谧之中白玺童的话显得格外清晰，不容置辩。

"父亲既去，以后听我命令。"

白玺童话音刚落，一千人整齐划一俯首称臣，气运丹田，响彻墓园。

"唯大小姐马首是瞻！"

Part 2 ......

白玺童已怀胎六月，抚着这微微隆起的小腹，初为人母的喜悦让她心无旁骛。

解散了白昆山的人马，也不再对他生前管制的财团们有所触及，作为白家之后她金盆洗手只留下那笔不菲的遗产。不问世事，一心待产。

现在对她来讲，没有什么比这个孩子更重要。

医生说因为上一胎的手术，导致很容易出现习惯性流产，她必须小心再小心地安心静养保胎。

加上她还没打算，这么快就出现在大众视野，放沈先礼从监狱里出来，于是便只能终日待在庸会所这幢小别墅里。

她和洛天凡打趣地说，自己多余长脚，反正这一生就是不停地换地方关禁闭。

洛天凡温和的目光看着她，心下道，一切都会好起来的。

昨天晚上，孩子在她的肚子里第一次动了一下，"咚咚"两声，像是在敲鼓一样。

白玺童之前看网上说，孩子动的时候就是在醒着，一定要趁这个时候跟他说话，他是能听到的。

于是白玺童非常激动地一只手放在小腹上，一边说："宝宝，是你吗，我是妈妈啊。"

但宝宝就没动静了，白玺童等了很久，希望他能再动一动，有好多话想跟他说，生怕错过每一次机会。

她机警地忍着困意，不忍入眠。

回想起上一次这样难眠的夜晚还是初入沈家，等着沈先礼回来过情人节，天真地还对他抱有那么高的幻想，以为自己时来运转。

现在想来真是可笑。

她现在对沈先礼究竟是什么样的感情，就连她自己也想不清楚。

他曾百般欺凌自己，害自己幻想症病情加重，甚至还把那个孩子亲手杀掉，这种种都让她对沈先礼恨之入骨。

可既然恨，为什么把他送进监狱之后，自己又感觉不到一点快感呢。

她不敢承认对沈先礼有爱。

在计划给宝宝起名字的时候，她想到和别人一起商量商量，就会想到他。

在幻想着宝宝长相的时候，在她脑中构建的脸也和他一模一样。

在憧憬着宝宝第一次叫她妈妈的时候，她也想到了他嘟嘟的小嘴，生涩地唤他一声爸爸。

白玺童忽略不了她和沈先礼的关系，他是宝宝的亲生爸爸，是别人替代不了的血缘。

她从小就没有父母宠爱，多么希望给自己的孩子一个健全的家。

和洛天凡在一起的时候，她假装不经意地问起沈先礼，其实在心里已经盘算了千百回。

"他在里面怎么样了？"

洛天凡不知道白玺童希望得到的答案是什么，谨慎地先顾左右而言他了一番，后来看到她的表情还算好，就如实地汇报了下近况。

"少爷他在里面还算好，毕竟身份特殊，住的也是独立间，上下打点了一下，也没人难为他。"

白玺童听到他过得还不错，心情很好地笑了笑，"那太遗憾了，我还等着听他遭报应的新闻呢。"

洛天凡在一边赔笑，问她："大小姐，等孩子生下来后您有什么打算？"

"洛叔不要叫我大小姐了，你们都不再为白家效力，叫我玺童就行。"

"不，不，会长永远是会长，大小姐也永远是大小姐，这到什么时候都是不会变的。"

白玺童也没再纠正他的称呼，继续说起刚才的话题。

"没什么打算，就是想过一过正常的生活，洛叔你觉得我去当个白领怎么样？就每天早上挤地铁，踩高跟鞋在办公室脚下生风的样子，再跟同事们开开会聚聚餐。"

白玺童说得高兴，洛天凡在旁边应和着。

这真是再平凡不过的生活了，是这个城市里十分之九女生的生活，但却是如今已经身价百亿的白玺童的向往。

"那少爷呢，您准备什么时候放他出来？"

"明天，或是没有那么一天。"

到了下班时间，司远森像往常一样，每天准时来报道。

之前他每次来，第一件事就要给白玺童一个大大的拥抱，然后问问她今天在家里做了些什么。

但这次他没有，而是像个害羞的大男孩一样，只是在门缝里探出一个脑袋进来，对着白玺童眼睛眨呀眨的。

白玺童以为他是要给自己送花，才这么东躲西藏的样子，没想到上前一看，在他身后居然是两套小宝宝的衣服。

司远森不好意思地挠挠头发，说道："不知道买得对不对。"

"你这买得也太早了，男孩女孩都不知道。"

"所以我买了两套，儿子就穿这套，女儿就穿那套！"

"那剩下的那套呢？铺张浪费。"

"剩下的另一套，我们以后再生一个嘛。"

白玺童没作声，刚才的对话让她有种错觉，好像真的是两夫妻为即将到来的宝宝置办新衣一样自然。

但说到再生，白玺童就敏感地认为司远森以后是一定想要一个自己的孩子，那这未出生的沈先礼的骨肉，他真的会视如己出吗？

司远森好像意识到自己说错了话，赶紧转移话题，"大胖儿你看这个好不好看，我特别喜欢这件，上面这条大狗跟你好像，哈哈哈。"

"屁啦，跟你像才对，你才是狗。再说你这号码买的也不对啊，新生儿你买12个月大小的衣服，哪里穿得下。"

见她正常聊天，他也暗暗松了口气："那我明天再去买。"

她又恢复到笑眯眯的样子，叮嘱他说："你再买，就买小裙子吧。"

司远森眨眨眼问："你知道是女儿了？"

"没有，只是我自己更喜欢女儿。"

"我也是，我也更喜欢女儿，追着我叫爸爸。那我全世界都想给她买回家。"

白玺童拿起那条好小好小的裙子，背过身对着窗外。

不知道沈先礼他会希望是儿子，还是女儿。

司远森的眼睛一直偷瞄着白玺童，直到她拿起那件小裙子，然后从小裙子胸口的装饰口袋里摸到什么东西，他的心就怦怦怦狂跳起来。

是一枚戒指，两条铂金拧成的麻花辫一样，上面镶嵌着小碎钻，戒指里面刻着SloveB。即便没有一克拉钻石，也不是什么名牌，但这已经是司远森能买到的最好的戒指了。

白玺童回过身，把戒指举向司远森，明知故问地说："这是什么？"

他不出所料地单膝跪地，紧张又兴奋的神情，满脸通红，又有些结巴地说："大胖儿，不对，白玺童，你愿意嫁给我吗？"

四下无比安静，司远森连自己的心跳声和大口的呼吸声都听得一清二楚，说完又觉得这一句话太苍白单薄，想了几秒又想起提前背好的台词。

"我爱你，从以前到现在，从你十八岁到二十一岁，我一直爱你，从没有停止过一秒。你可不可以嫁给我？"

这一幕若放在两年前，白玺童一定会欢呼雀跃地扑在他身上。但经历了这么多之后，她却突然想到了沈先礼。

这样的求婚，在她的人生中似乎也曾经历过一次，即便当时他只是没什么感情地说："我们再要一个孩子吧。"

那个男人也从来没说过哪怕一次爱他，她也清楚他只是在自己身上完成着对白昆山的报复。这样的冤冤相报里，却是她对他剪不断理还乱的感情。

司远森见她没有出声，不知是不是自己说得不够好，还是怎样。为了填充这没有回答的等待，他只好继续说。

"我可能给不了你荣华富贵，但我会给你一个家。就像我之前曾承诺过的，那样一个你回家就有香喷喷饭菜的家，你累了的时候可以是绝对安全的栖身之所。还有宝宝……"

他本来不想提起任何跟沈先礼有关的事，但又怕白玺童顾虑到孩子而拒绝自己，于是想了想还是说吧。

"我会把这个孩子当成自己亲生的一样，给他来自一个爸爸所有的宠爱。你可以相信我的，我一定会做到。"

白玺童被司远森的这些话拉回现实，她看着他因为自己没有任何动作，而紧张得满头大汗。

听着他说这样的告白，她只觉得他可真是个大男孩，完全不懂浪漫，不懂女人心，只是他的真情实意，她岂会不懂。

但她最后的决定还是让他失望了，没有一丝犹豫。

"远森，你忘了吗，我现在还是已婚。"

司远森不肯起身，他笃定白玺童对沈先礼没有任何感情，不然在婚礼当天她也不会想跟自己出逃。

当初他等她自由，如今她终于重获新生，那个魔鬼一样的男人再也不能伤她分毫，为什么她不愿和自己过新的生活。

"沈先礼已经终身监禁在监狱里了不是吗？之前的白玺童已经死了啊，是你忘了。"

白玺童抿着嘴摇着头，不忍看又一次失望的司远森。这个男人为自己做了太多了，她不知该怎么面对他的痴心错付。

司远森起身握着她的肩膀想要说服她："玺童，你不要担心，我们会去一个新的地方，没人会认识我们，你也会有一个新的身份，任你叫什么名字都可以，当司太太好不好？"

他近乎在求她，像是家长拿出十八般武艺在哄一个怎么也不肯听话的孩子。

但她却说："再说吧。"

Part 3 ......

肚子一天比一天大。

白玺童不能出门，只能日复一日地坐在窗户前朝楼下吐葡萄籽玩。

已是盛夏，蝉鸣如期而至，吵得她睡不好觉。就连肚子里的宝宝都表示抗议，不耐烦地踹着她的肚子。

自从知道了肚子里的宝宝是个男孩，白玺童就一改之前的好脾气，说教为辅，恐吓为主。

每次宝宝踹疼她了，第一反应，她就想爆粗口，但话到嘴边，又忍在了口型的阶段。

即便如此，她还是要批评这个小儿子："你要是再这么跟拆迁队似的，我就把你撵出去，租来的房子不知道吗？怎么一点自觉都没有。"

但肚子里的宝宝听到她这么说之后更来劲，像是叫板似的，以更强有力的捶打来回击白玺童。

每每这时，尽管白玺童不想想到沈先礼，但心里却还是忍不住道了声，真是随爸爸的坏脾气。

为了让白玺童有更大的活动空间，三个月前洛天凡就全面关闭庸会所，就连用人也都给放了大假。

为了怕有任何走漏风声的可能，洛天凡凡事都亲力亲为。这样一个大学校园一样大小的会所，全部是他一人打理。

对于洛天凡这样的高管下凡成为清洁工，白玺童倒是鼓掌欢迎。

她像个小尾巴一样，跟在他身后嘴巴不停地讲话，洛天凡好性子地由着她，在她说得口干舌燥的时候递过去一杯水。

临盆的日子已经在倒计时，看着白玺童每天的注意力还在旅行烹饪学法语上，洛天凡真是不知道怎么开口提醒她，关于宝宝的身份要如何安排。

这是一件棘手的事，毕竟孩子不能没有爸爸，尤其是白玺童的身份目前来讲还是不能见光的。

当他听闻司远森的求婚时，只觉得这不失为一个最好的出路。但若谈一己私欲，他又在得知白玺童拒绝了他之后，感到松了一口气。

在介意什么，他只当作是为了沈先礼。

孩子的事迫在眉睫，他到底还是打定主意要和白玺童聊一聊。

于是他打断了白玺童的信口开河，终于问她："孩子你有什么打算？"

白玺童即使知道他是在为她操心，但因为自己也知道这是件难事，所以才始终是逃避的状态，但现在洛天凡问出口，她就不得不面对了。

于是小孩子脾气似的不耐烦地说："打算，打算，你们每个人都在问我有什么打算。我怎么知道，送去监狱跟沈先礼一起好了。"

她说这话的时候，司远森刚好在工作之余偷跑出来给她送下午茶，站在门外就听见了。

他一只手握着常温奶茶，一只手托着甜品盒子，很想若无其事地打断他们，却迈不开步子。

不仅如此，还鬼使神差地倚着墙坐下，大口大口地吃着原本是给白玺童送来的法式布蕾、轻乳酪蛋糕、苹果派……

在她心里，沈先礼始终是孩子的爸爸，而她始终当自己是沈太太。

那他司远森算什么呢？这份苦楚唯有通过摄入大量糖分，才能让他平复下来情绪。

屋子里，二人不知隔墙有耳，谈话还在继续。

洛天凡配合着白玺童的玩笑话笑了笑："大小姐息怒，送去跟少爷一起，那小少爷岂不是成小萝卜头了吗？"

"小萝卜头是什么？"

"抗战时期，一个生在监狱长在监狱的可怜孩子。老故事了，您这一辈大概都不大会有人提起了。"

"照这么下去，即使在我身边，这不见天日的生活跟监狱也没什么区别。可能还不如监狱呢，在这狱友就咱俩，打麻将都不够人手。"

洛天凡不知从哪里变出来一盘水果，递给她，边吃边聊。

"大小姐，恕我直言，就算咱们不考虑孩子，您也不可能一辈子关在庸会所不出去。"

"洛叔你有什么好建议？"

"摆在您面前两条路，一是更名改姓去别的城市重新开始，我会为您做一个新的身份。会长的生意您也已经变卖掉，那些钱足够您和小少爷过好往后的生活。"

"二呢？"

"二是您放过少爷，出现在众人面前还他清白，依然在H市。"

白玺童向空中抛着蓝莓，在它下落时准确地张大嘴接住，看似心不在焉，其实却心有余悸。

她接了一口的蓝莓，撑得嘴巴里满满的。一边咀嚼，一边口齿不清地嘟囔："放他出来，他岂会放过我，按他之前的尿性，还不整死我？！"

"大小姐，您对少爷有感情吗？"

司远森听见洛天凡问这一句，心跳得比向白玺童求婚时都要更快。

不知怎么，他曾经满满的自信知道自己是白玺童的骄傲，但事到如今竟这么没信心。

他在听到答案前仓皇而逃，不声不响，像是从来没出现过这里。找了庸会所里一个角落鱼池，静静地看鱼儿戏水，心情复杂。

另一边，白玺童的回答是"狗屁"。

洛天凡知道白玺童是口是心非，因为她说这话时眼睛里虽然是窗外的一片苍翠，但却是那样的黯淡无光，倒更像是终年不散的大雪，满是落寞。

"您想去看看他吗？"

"他怎么样了？"

这两句话他们同时说出口，像是一拍即合的提议。临盆在即，白玺童想让孩子见见爸爸的。

单就她愿不愿意见他不谈，自己现在的身份如何能出现在耳目众多的监狱。

天色渐暗，再过一个小时就会变成伸手不见五指的黑夜，那是隐藏一副不能见光的面孔最好时机。

洛天凡说："大小姐若是想一同前去，我愿意成为您的眼睛，代您看看他。"

入夜后的监狱高墙显得更加阴森。

监狱坐落在H市郊的一片广袤的丛林里，据说这里曾是关押重刑犯的地方，所以建得特别隐蔽而坚固，近几年才改为普通犯人也关押于此。

四周的树鬼影幢幢，没有灯，只是月光隐约映衬出轮廓，像是巨人一般压在监狱高墙上，增添了严防死守的坚决。

"您在车里等着，我去去就回。"

看着洛天凡进去大门，白玺童坐立不安，和沈先礼明明已经近在咫尺，却不能相见。

她一直说服自己，这不是想念，不是惦记，她只是想看看他在报应下过得多凄惨。

沈先礼出来，和洛天凡隔着一面玻璃墙，彼此拿起电话，相隔太远她听不清他们在讲什么。

只是沈先礼的面容和她想的完全不同。

她本以为在监狱里这大半年的时间，他会过着备受折磨的生活，面容憔悴甚至形同枯槁。

可事实却是，沈先礼非但没有邋遢，在他的眼神里反倒平添了如鹰如狼的戾气，即便五官依然没变，眼神的不同让他整个人散发出别样的成熟之气。

下巴上一簇胡须成为他冷峻脸上的点睛之笔，和他的浓眉交相呼应。

白玺童不想承认，再次见到他，她的心不由自主地起了波澜。

宝宝也像是终于见到亲生父亲一般，按捺不住父子相认的激动，在她肚子里挥舞着手臂和爸爸打招呼。

这一切沈先礼全然不知，对他而言，这是再平凡不过的洛天凡来探监。

没有人告诉他孩子的情况，白玺童的把戏他岂会不知，至于血检的结果，他也确实不清楚是真是假。毕竟这出闹剧都只是演出，道具的真假无从考证。

白玺童不让洛天凡透露孩子的事，他自然不会说，沈先礼也不问，这个孩子就这么悄无声息地在沈先礼的世界里消失。

沈先礼入狱后，沈氏集团交给洛天凡打理，即便受到沈先礼的官司影响，但根基还在，时过境迁也算正常运营。

洛天凡向他汇报了公司情况，寥寥几句也没什么大事要他决策。他听得心不在焉，和狱警的牌局还在等着他，那一手好牌让他想赶紧回去。

于是他在洛天凡说完工作后，就单刀直入地说："没事了吧？我回去了。"

"少爷。"

"嗯？"

"大小姐她？"

"她名号还挺多，又是白小姐，又是沈少夫人，又是大小姐的，啊，那个小子还叫她大胖儿是吧。这精神病又怎么了？"

解决了白昆山，沈先礼一改以前阴沉的状态，虽然洛天凡对于他不守承诺还是让白昆山命丧大海而介怀，但见他如今这样轻松，洛天凡还是为他暗暗高兴。

"司远森前段时间向她求婚了。"

"好啊，有情人终成眷属，替我包个红包给她。"

"那您？"

"我？正好到时候告她重婚罪，让她来跟我换班。到时候把我牢里的朋友们介绍给她。"

洛天凡觉得沈先礼和白玺童真是一对活宝，完全是孩子一样的抬杠说话方式，但没办法他只有把他努力往成年人的说话方式上带，不然就白来了。

他问他："您准备什么时候出去？"

"出去喂白昆山那老贼的人吗？"

"大小姐已经遣散他们，您躲过这段时间，日后也就无性命之忧了。"

"等等再说。"

"等风声过去，白家的入幕之宾散尽吗？"

"不，是等她消气。"